集英社オレンジ文庫

# 珠華杏林医治伝

## 乙女の大志は未来を癒す

小田菜摘

# 珠華杏林医治伝

## もくじ


序章 …… 7
第一章 …… 10
第二章 …… 46
第三章 …… 95
第四章 …… 150
第五章 …… 212

イラスト／ペキォ

# 珠華杏林医治伝《しゅかきょうりんいじでん》

## 乙女の大志は未来を癒す

# 序章

重い木の扉を開けると、そこには以前とは別人のように痩《や》せ衰えた親友の姿があった。

珠里《しゅり》はそれ以上奥に進むことができず、扉の前で立ち尽くした。

「黄蓮《おうれん》様、なんで、こんなことに……」

その声が聞こえたのか、彼女は枕に埋めていた頭をゆっくり動かした。光を浴びたことでいっそう際立《きわだ》つ病状の進行に、珠里は息を呑《の》む。

「……珠里？」

弱々しい声音《こわね》だったが、その声はまちがいなく黄蓮のものだった。たまらず珠里は枕元に駆け寄る。

「お嬢様！　黄蓮様」

呼びかけると、黄蓮はゆっくりと目を細める。だが涙がにじむ瞳は、白く混濁《こんだく》している。きっと、もう視力は失われているにちがいない。

黄蓮が痩せ細った腕を空中にさ迷わせると、素早く珠里はその手をつかんだ。

「ここにいます、お嬢様」

「ああ、よかった」

黄蓮の目からにじんでいた涙が、頬《ほお》を伝う。

「珠里が来てくれたのなら、私、助かるわね」

「……………」

絶句する。すでに手遅れであることは明白だ。それどころか今日の生命だって怪しい。

だがそんなことを、臨終《りんじゅう》間際の人間に言えるわけがない。

込みあげそうになる嗚咽《おえつ》を堪《こら》え、珠里は懸命に明るい声を取りつくろう。

「ええ、もちろんです。では、脈を診《み》ますね」

握った手を丁寧《ていねい》に敷布に下ろし手首の内に触れると、黄蓮の顔に安堵《あんど》の笑みが浮かぶ。

憤《いきどお》りと罪悪感で、喉《のど》の奥からふたたび嗚咽がせりあがりそうになる。それでも病人を安心させるための言葉を考える。

「大丈夫ですよ。きっとよくなり――」

はからずも声が歪んだ。そのうえ無意識のうちに頬を伝った涙が、黄蓮の手に落ちた。

しまった、と思った瞬間、握った手がぴくりと揺れる。

「珠里、どうして泣くの？」

動揺《どうよう》のあまり答えることができずにいる珠里に、黄蓮は声を震わせた。

「私、もう駄目なの？」

# 第一章

うららかな春の陽射しが、院子《にわ》に降りそそいでいる。

雌鶏《めんどり》が一羽、コッコッと喉を鳴らして餌《えさ》をついばむ傍《かたわ》らで、珠里《しゅり》は一面に敷いた菰《こも》の上に這《は》いあがり、黙々と薬草を広げていた。

腰丈の襖《うわぎ》に褲《はかま》を穿《は》き、無造作《むぞうさ》に髪を束ねた姿に娘らしい華やぎはない。それでもすべらかな肌と活気に満ちた円い大きな瞳からにじみでる十七歳の瑞々《みずみず》しさは、どうしたって隠せるものではない。

ふと視線の端に鶏《にわとり》の姿を見つけて、珠里は悲鳴をあげる。

「こらっ、それを食べちゃ駄目よ！」

菰の上に乗りあがった鶏をあわてて追い払う。貴重な薬草であることはもちろんだが、薬草はともすれば猛毒にもなりうるものなのだ。鶏にも人と同じに作用するのかは知らないが、もしもの場合に取り返しがつかない。

鶏を西の廂房《わきのや》に追いやってから、大きな竹籠《たけかご》をかぶせる。とうぜん暴れたが、無視して院子に戻る。可哀相《かわいそう》だが薬草が乾くまでは籠に入れておくしかなさそうだ。陰干しのあとの仕上げの日向《ひなた》干しだから、数刻もあれば十分だろう。

「まあ、こんな狭いところに草を広げてりゃ、鳥なら突っつきたくもなるわよね」

そう自嘲《じちょう》交じりにつぶやくほどの、小さな三合院《ごういん》の家だった。人が住むように壁や床が整えられているのは奥の正房《せいぼう》だけで、東西の建物は廂房といっても屋根と最低限の壁と柱があるぐらいで、造作も用途も物置小屋に近かった。院子だって石を敷いてはおらず、むきだしの地面のままだ。

近隣の廂《しょう》にも評判を取った腕利《うでき》きの杏林《きょうりん》（医師）の家として、それはあまりにも質素なものだった。

それもしかたがない。なにしろ一年前に亡くなった父は、家を整える金があるのなら薬や医学書を買い求めるような人だったのだ。それらの書物はいまでも正房の書架からあふれかえっている。父が存命のとき書庫を廂房に移そうと提案したことがあったが、木造の建物なので火事が起きた場合のことを危ぶまれて却下された。正房だけは煉瓦《れんが》を使っていたからだが、薬や本を買う費用を削《けず》って廂房を建て直すという発想は最後までなかったようだ。

（まあ、そのあたりが父様らしいけど）

診察がない日は、飲食を忘れて書庫にこもっていた父のことを思いだして苦笑する。

一般的に医師の娘ともあれば召使にかしずかれて過ごすものであろうが、珠里は毎日掃《そう》除《じ》に洗濯《せんたく》、料理と勤《いそ》しんでいた。物心つかないうちに母親を亡くした珠里は、どこか世間ずれした父と二人きりで暮らしていた。

その父が大切にしていた貴重な蔵書は、いまとなっては活用する術《すべ》もない。

「まさに宝の持ち腐れよね」

自嘲的につぶやいたあと、深いため息がもれる。

父が亡くなってから一年経つというのに、いまだありつづける喪失《そうしつ》感を、珠里は埋める術を持っていなかった。

弔《とむら》いはきちんとできたと思う。あらゆる病人に親身に尽くしつづけた父の葬儀には、近隣の人達が大勢集まり、田舎医者《いなかいしゃ》のものとは思えぬ立派な式になった。あのとき珠里は、心の底から父の娘であることを誇りに思った。これほど人々に慕《した》われた父は、医師としての自分の人生にきっと満足して逝《い》ったにちがいないと確信した。

にもかかわらず珠里の心には、葬儀を終えてからもぽっかり空《あ》いた洞穴《ほらあな》のようなものがずっとありつづけている。友人と楽しくお喋《しゃべ》りをしていても、家事で忙しく働いていても、その喪失感はけして埋まることがなかった。

ふいにけたたましい羽音が響き、珠里は物思いから立ち返る。

「ごめんね、もう少し我慢していてね」

バタバタと籠の下で羽音をたてる鶏に申し訳ない思いで言うと、珠里はふたたび菰に上がって作業を再開した。

「――精が出るな」

聞き覚えのある不快な声に、反射的に眉《まゆ》をひそめる。通りに面した表門に、全身がたるんで見えるほどに肥満《ひまん》した男が立っていた。ああ、しくじった。門に閂《かんぬき》をかけておかなかったことを、珠里は死ぬほど後悔《こうかい》した。

「任按《にんあん》。なにか用？」

顔を伏せて視線を菰に落としたまま、忙しいふりを装《よそお》って答えた。なんのかんの言っても一応客だから、あからさまに毛嫌いした表情は見せられない。

「いや、銀杏《ぎんきょう》の葉が不足しそうなのでな」

「この時季に銀杏はないけど、倉庫を探せば在庫があるかもしれないわね。あとで探しておくから、いつもの遣いの小父《おじ》さんを明日にでもよこしてくださいな」

早く帰ってほしいという本音をよそよそしい言葉づかいで匂《にお》わせ、珠里は忙しく手を動かすふりをする。返事はなく物音もしなかったので、やっと帰ったかと安心したとき手元に影が差した。

顔をあげると、いつのまに中に入ってきたのか菰の端に任按が立っていた。人の家に勝手に入ってくるな、という抗議が喉元まで出かかる。

「なに？」

「なあ、そろそろ俺の嫁にならないか」

それまで辛《かろ》うじて取りつくろっていた珠里の表情に、露骨に嫌悪がにじんだ。確かにいままでもそれらしい素振りはあったが、こんなふうに直接言葉にしたのははじめてだった。

だがそれならそれで、かえってはっきり拒絶できるというものだ。

「任按、私はこの家を出るつもりはありません」

きっぱりと言うも、任按はまるで戯言《たわごと》を聞いたように薄笑いを浮かべて答える。

「だったらこの家を建て直して、新居を造らないか？　裏の畑をつぶして四合院にして、南側を診療所にすればいい」

四合院とは、南側にも房を持つ造りの住宅のことだ。とうぜん三合院より多額の費用が必要となる。新居という新婚家庭を匂わせる言葉にも寒気を覚えたが、それよりも珠里にとっては裏の畑のほうが一大事だった。

「裏の畑は薬草を育てているのよ。診療所を建てるためにつぶすなんて本末転倒でしょ！」

「ああ、そうだったか」

いまさら気づいたのか、けろっとして任按は答える。

この男の治療に対するいい加減な姿勢を垣間《かいま》見て、珠里は奥歯を噛《か》みしめた。

（こんな医者に、みんなが身を委《ゆだ》ねなきゃいけないなんて――）

ふいに先月亡くなった黄蓮《おうれん》の顔が思い浮かんだ。

もちろん黄蓮が手遅れになったのは、任按のせいではない。彼女に理不尽でしかない極端な貞淑《ていしゅく》を求めた婚家のせいだ。たとえ任按が誠実で腕のよい医師であっても、彼が男であるかぎり結果は同じことだったのだろう。

だけどこの男があんな脅《おど》しをかけなければ、珠里は彼女を診《み》ることができたのだ。

そこまで考えて、珠里はふたたび打ちのめされる。

分かっている、逆恨みだということは。

女子は医学校に入ることはできない。すなわち医師になることはできないのだ。たとえ父の教えを受けて豊富な知識と実績を持っていても、無免許の人間が治療行為を行うことはあきらかな違法である。

商売敵《がたき》である父の存在を苦々しく思っていた任按は、父の死後にきっちりと釘を刺してきたのだ。もし珠里が診療を行うようなことがあれば、そのことを役人に訴えると。

正論だ。医師免許を持たない珠里は、人に薬を渡すどころか調合すらできない。だからいまは手ずから栽培《さいばい》した薬草をこうやって生薬《しょうやく》として加工するまでにとどめ、医師達に譲《ゆず》ることで生計を立てているのだった。

「お前もその腕を腐らせておくのは勿体《もったい》ないだろう。俺と夫婦になれば、こんな薬作りだけではなく診療ができるぞ。廂の人間もそれを望んでいるんだろう」

恩着せがましく任按は言う。あいかわらず人の痛いところをついてくる。

医師の資格を持つ任按と夫婦になれば、父が生きていたときと同じように、助手という形で診療に携《たずさ》わることができる。廂の人達も任按のようなヤブに頼るより、珠里の復帰を望んでくれている。なにしろ誰かとすれちがうたびに言われているのだから。

内側で良心と自尊心がせめぎ合う。

こんな男の下で使われたくなどない。脅されたことは、悔《くや》しいがしかたがない。しかし珠里がこの男を許せない理由は、ろくな勉強もしていないところと裕福な患者と貧しい患者に露骨に差をつけているさもしさだ。人柄も腕前も父の足元にも及ばない、同じ医師と名乗ることすらおこがましい。

どう考えたって嫌だ。こんな男と結婚することも、彼の助手になることも。

しかたがない、私は女なのだから。こうやって生薬を医師達の求めに応じて譲れば、それだけで病に苦しむ人の手助けが少しはできているはずだ。個人ではできることとできないことがある。人は自分のできる範囲でしか物事は行えないと、何度も言い聞かせた。

だが、そのたびに良心がささやくのだ。

いまこうしている間にも、どこかで黄蓮のような女性が苦しんでいるのかもしれない。

できる範囲というのなら、任按のいう通りにしておけば黄蓮があんなひどい死に方をすることはなかった。彼女に病をうつした夫は、都の医師の治療により快癒《かいゆ》し、恥知らずにも先日再婚したというではないか。

(私が結婚をちょっと妥協《だきょう》すれば、お嬢様は……)

黄蓮の死から絶えず深い部分にありつづけた罪悪感が、じわじわとしみだす水のように心に広がってゆく。

「任――」

唇を震わせたときだった。

「范《はん》珠里の家は、ここか?」

聞き慣れぬ声に名を呼ばれ、珠里は顔をむける。正門のところに緑の袍服《ほうふく》を着た、見知らぬ男が立っていた。

年の頃は二十代後半あたりで、はっと目を惹《ひ》くほどに背が高い。彫りの深い顔立ちに、艶《つや》のある明るい褐色《かっしょく》の髪と淡い色の瞳が、異国の人間を思わせる風貌《ふうぼう》だった。

われに返ってから、珠里は胸をなでおろした。危うく任按との結婚を了承してしまうところだった。

そんなこと、考えただけでぞっとする。想像以上に自分の気持ちが揺れ動いていたことを思い知らされてしまう。

こんなことになるのなら、いっそ医術など学ばなければよかったと思う。そうすれば、人を救えない良心の呵責《かしゃく》に苛《さいな》まれることもなかったのに。娘が相手ではいずれこうなることは分かっていたはずなのに、なぜ父は己の技術を授けたりしたのだろう。

恨みがましく考えていると、青年はもう一度問い直した。

「そうではないのか？」

のろのろと立ち上がり、珠里は答える。

「はい、私が范珠里です」

「そうか。私は戈唱堂《かしょうどう》。医官局から遣わされてきた」

「医官局？」

訝《いぶか》しく思ったあと、珠里は身構えた。医官局とは医薬の行政を司《つかさど》る官署である。となると真っ先に思いつく疑念は、自分の無資格の診療行為だ。

（で、でも、父様が亡くなってから診療はしていないし……）

薬だって患者に直接渡したことはない。この任按のような医者の求めに応じて、生薬の仕入れ先になっているだけだ。訴えられるようなことはしていない。

おびえる珠里に対して、静かに唱堂は言い放った。

「そなたに勅《ちょく》が下された。至急、皇城に参上するように」

「あ、そうですか勅……」

動揺《どうよう》しつつ聞いたあと、耳を疑う。

（ち、勅って、確か皇帝陛下の直々の命令のことじゃ？）

およそ生涯《しょうがい》縁のないと思っていた言葉なので自信はないが、多分そうだった気がする。

そういえば医官局も、州や県の地方機関ではなく国立の官署だった。行政のみならず国中から選抜された優秀な医師達を擁《よう》しており、医官である彼等は皇帝や宗室《そうしつ》の人間の治療にもあたる。

そこまで考えて、頭が真っ白になる。

「な、なんでですか!?」

礼儀《れいぎ》もへったくれもなく悲鳴のように問うたが、唱堂は特に怒ったふうもなく答えた。

「知らぬ。私程度の身分の者が、陛下のお言葉を直接聞けるわけがなかろう」

やはり〝勅〟は、皇帝の命令を意味する言葉だった。

確かにそんな高い身分の者なら、こんな城外の庘《しょう》に足を運ぶはずもない。この庘は帝都の直轄地《ちょっかつち》で距離も近いが、街ではなく城壁の外にある農村部である。

そんな場所に住む田舎娘《いなかむすめ》を、陛下が直々召喚するとはどういうことなのだ。

（それも、分かるわけがないか……）

先刻の唱堂の言葉を思いだし、口にしかけた問いを押し込める。

そこでふと、珠里の脳裏《のうり》に疑いがわきあがる。落ちついた風貌と話し方から簡単に信じてしまったが、そもそもこの男が本当に役人であるという証拠はない。うまいことを言って、親のいない娘を連れ出そうとする輩《やから》ということもありうる。

露骨に疑り深い目差《まなざ》しをむけた珠里に、唱堂は一瞬ひるんだ顔をする。

そのとき、いつのまにか下がっていた任按が後ろからささやいた。

「おい、珠里。この人は本物の医官だぞ」

まるで心をよんだような発言に思わず振り返ると、任按はこくりとうなずいた。

「都で試験を受けたときに見た、医官の官服と同じだよ」

やりとりが聞こえたのだろう。目を見張る珠里に、唱堂はこれみよがしにひとつ息をついてから言った。

「分かったら表に馬車を用意してある。すぐに支度《したく》をされよ」

「そんな、急に！　鶏《にわとり》だっているのに」

唱堂の表情が露骨に微妙なものになった。尋常《じんじょう》ではないこの状況で、真っ先に心配したことが鶏なのだから、さぞ珍妙な娘だと思われただろう。しかしこの雌鶏《めんどり》はよく卵を産んでくれる貴重な一羽なのだ。

「分かった、隣家の者に預かるように命じよう」

ふたたびため息まじりに唱堂は言った。見ると唱堂は、門の外に控えている部下らしき男になにやら伝えている。意外なまでに親切なふるまいに、毒気を抜かれたような気持ちになる。

（もしかして、そんな心配することもない？）

唱堂自身の人柄もあるのかもしれないが、もし摘発されているようであればこんな丁寧《ていねい》な対応にはならないだろう。そもそも無資格医の摘発程度の事態に、わざわざ皇帝から勅が下るはずもない。

安堵《あんど》とともに緊張が少し緩《ゆる》んだ。ふと気づくと、任按がおびえた表情で珠里を見ている。あるいは最初に珠里がそう考えたように、無免許の摘発に来たと疑っているのかもしれない。

一度目があうと、任按は飛び上がった。

「じゃ、じゃあ俺はこれで」

「待って」

面倒事にはかかわりたくないと言わんばかりの任按を、珠里は急いで引き留めた。任按はびくりと足を止めたが、すでに門のほうにむかっており完全に逃げ腰だ。

「あと二刻ぐらいしたら、この薬草を笊《ざる》に集めておいて。そのあとは廂房《わきのや》に置いていってくれたらいいから」

毛嫌いしている相手だが、背に腹は替えられない。せっかく陰干しまですませた薬草を、ここでおじゃんにしてしまうことは無念すぎる。鶏は隣家に預かってもらうから、廂房に置いていても、つつかれる心配はないだろう。

「ちゃんとしておいてくれたら、この薬草はあんたにだけ安く分けるから」

「え、で、でも……」

「いらないの？　艾草《がいよう》は薬だけじゃなくお灸《きゅう》にも使えるのよ」

艾草とはヨモギの生薬名で、色々と用途が多い薬草だ。ヤブとはいえ、医師であれば食指《しょくし》が動かぬはずがない。それでもなお戸惑いがちな任按に、埒《らち》があかないと思ったのか横から唱堂が命じた。

「その娘の言うとおりにせよ」

珠里は胸をなでおろした。話の分かる人で助かったと、こんな状況なのにそこだけは感謝をする。当面の心配事が解消されたことで、珠里は腹をくくった。不安ではあるが、勅が下されたのならどのみち断りようがない。袖《そで》のうちで手を握ると、唱堂にむかって告げた。

「では支度をしてまいりますので、少々お待ちください」


莉《り》国の都『景京《けいきょう》』までは馬車で四刻ほどの距離で、時間的にはそれほどでもない。しかしけっこうな悪路で揺れがひどく、そのうえ緊張していたせいもあってか、外城の門に着いたときには珠里は座席にぐったりと臥《ふ》せってしまっていた。

「おい、大丈夫か？」

むかいに座っていた唱堂が心配そうに尋ねる。

「はあ、山を下りてから少しよくなりましたけど……」

よろよろと身を起こしながら答えるも、唱堂はかえって不安げな顔をする。

座りなおしてから、珠里は裙《くん》の裾《すそ》を整えた。皇城に行くのにさすがに褲《はかま》ではまずかろうと考えて一応着替えてきたのだ。白い交襟《こうえり》の水色の襖《うわぎ》には胸元に鈴蘭《すずらん》の刺繍《ししゅう》が施《ほどこ》してあり、足首が見える丈の紺《こん》色の裙と組み合わせている。少しあらたまった場所で着ていた衣装に、布製の鞄《かばん》を肩から斜め掛けしていた。長い髪は髷《まげ》を結う余裕も技量もなかったので、木製の櫛《くし》でくるりとねじあげているだけだ。

「少し外の空気を吸うと、よいかもしれない」

見兼ねたのか、そう言って唱堂は窓を開けた。その判断は当たっていたようで、外の空気を吸うと胸のあたりにあったむかむかが少し治まってきた。道が平坦になったこともよかったのだろう。

「ええ、だいぶんよくなってきました」

笑顔を伴《ともな》った返事に、唱堂は安心した表情をする。

やっぱりいい人だと、あらためて珠里は思った。訪問そのものは唐突《とうとつ》で態度も無愛想ではあるが、唱堂の対応は常に誠実だった。役人によく見られる頭ごなしのふるまいは見られなかった。

「助かりました。もう少し山道がつづいていたら、この場で吐いていたかもしれません」

「……それは本当に幸いだった」

明るく言った珠里に、唱堂の表情は少しばかり引きつった。そんな反応に気づかず、呑《のん》気《き》に珠里は考える。

（医官っていうことは、この人もお医者さんってことかしら？）

もしこんな人が廟の医者であれば、みな任按のようなヤブに頼ることもないだろうに。医者だと決まったわけでもないのに、そんな埒もないことを考えていた矢先だった。

「そなたの評判は聞いている」

唐突に唱堂は言った。

「評判？」

「婦人を診《み》ることに卓越した若い娘が、城外の廟にいるとな」

予想外の言葉に、珠里は目をぱちくりさせる。そんなことが医官局にまで噂《うわさ》になっていることに驚いたが、ますますのこと呼ばれた目的に不安が募《つの》る。

（やっぱり、無資格の件かしら）

勅が下されるようなことだとは思えないが、見せしめ的な意味もある。巫医《ふい》も含めて、世にはいい加減な医者が少なくない。

悪いほうに考えて冷や汗がにじんだが、あわてて自分に言い聞かせる。

（大丈夫よ。父様が亡くなってからはなにもしていないじゃない）

任按の人柄と腕の悪さに辟易《へきえき》した人達からずいぶんと乞《こ》われたが、それでも断腸《だんちょう》の思いで断ってきた。法に違反しているという現実的な問題はもちろんだが、なにより珠里自身が無資格であることに罪悪感と、それ以上に不安を覚えていたのだ。

父の存命中には彼の指示を受けられたが、頼る人もない状況でこのまま診療をつづける勇気がなかった。勉強をつづけられる環境にない医者は診察に携《たずさ》わるべきではないと、父は口癖《くちぐせ》のように言っていた。

だが、そのために黄蓮はあんなことになってしまった――。

抜けない棘《とげ》のように心に在りつづける痛みに、気づかぬふりを装《よそお》って珠里は答える。

「いえ、私は父の手伝いをしていただけです」

話している間にも馬車は進んでゆき、外城の三重の外壁と二つの堀をくぐりぬける。やがてその先に内城の門が見えてくる。

帝都・景京は外城・内城・皇城・宮城の四重構造になっている城壁都市だ。そのうち中心部の皇城と宮城は宮殿に当たり、外城と内城がいわゆる街の部分に当たる。

様々な商店が建ち並ぶ外城の賑《にぎ》やかな通りを抜けて内城の南門をくぐると、北にむかって大通りがまっすぐに伸びている。東西の両脇には、朱塗りの柱と濃い灰色の屋根でできた楼門《ろうもん》がずらっと建ち並んでいた。建物自体は外城の物より立派だったが、画一的で出店や暖簾《のれん》のようなものはまったくなく、外城にあったような賑わいは感じられなかった。

「なんか、ずいぶん様相が変わりましたね」

珠里の問いに、唱堂は即答する。

「内城は公的機関の建物が中心になっている。特にこの通りは中央官庁が並んでいる」

「ああ、そうなんですね」

なるほどと珠里が納得しているうちに、馬車は東側にある四番目の門の前で停まった。

「ここは？」

「医官局だ」

唱堂の答えに、珠里は少し安心した。実は勅《ちょく》という言葉を聞いて、よもや皇帝の前に引きずり出されやしないかとおびえていたのだ。しかし皇帝の居住は奥の執務空間・皇城、あるいはさらに奥の私的空間でもある宮城だから、ここに連れてこられたというのなら最悪その点だけは懸念《けねん》で終わりそうだった。

馬車を降りると、開け放たれた門扉《もんぴ》の先に照壁《しょうへき》が見える。照壁とは目隠しのために設けられた独立塀《べい》のことで、石造りのそれには古代伝承を素材にした紋様が浮き彫りしてあった。

「え、あれは苓鶯《かんおう》様ですか？」

中央に彫られた優しげな婦人の像を、珠里は指差した。

「よく分かったな。痾《しょう》にもあったのか？」

「ありません。だけど医官局にあるのなら、たぶんそうだと思って」

苓鷲とは神話の時代の伝説上の女仙《にょせん》である。女道士から仙人になったとされる人物で、不老不死の技法でもある内丹術《ないたんじゅつ》と外丹術《がいたんじゅつ》に優れていたことから、現代では医療の神様としてあがめられている。産婆《さんば》も兼ねていたということから、安産祈願の神としても有名だった。

壁の前まで行くと、珠里は目をつむってそっと手をあわせた。

痾では目にしたことがなかった女仙の姿に、あらためて思いが込みあげる。おそらくこの世で最初の医者は、最後の女医となってしまった。

（もし苓鷲様がいまの世にいたら、お嬢様は助かったのに………）

伝説上の人物に対して埒もないことだと分かっていても、無念と悔悟《かいご》の念が珠里の頭から消えなかった。

「もういいか？」

唱堂の問いに、珠里はあわせていた手を下ろしてうなずく。行くぞという命令ではなく、こちらの意向を尋ねてくれるあたりに、あらためて彼の人柄を認識する。

門から短い通路を進んで外院《そとにわ》に入る。珠里の家が丸ごと入ってしまいそうに広い院子《にわ》は、とうぜんむきだしなどではなく綺麗《きれい》な化粧石《けしょういし》が敷きつめられている。院裡《なかにわ》に通じる二の門は開け放たれており、奥には灰色の石造りの建物が見えた。

(医官局《ここ》って、どんな医学書や薬があるのかしら)

診療や処方どころか調合すら許されなくなったいまでも、珠里は父の遺産でもある医学書をときおり紐解《ひもと》いている。わくわくしながら読んだあと、その知識を活用できない虚《むな》しさに気持ちが落ちこむことが常だったのだが。

(いいなあ、少しだけでも見せてもらえないかしら?)

そんなことを考えていた矢先、二の門から二人の男性が出てきた。唱堂と同じ緑の袍《ほう》を着ている。服装と場所から考えて、医官でまちがいないだろう。

「唱堂、その娘か?」

二人のうち一人が問いかける。高圧的な物言いから、唱堂の上司なのかと思った。あるいは年長者だからかもしれない。彼等は二人とも、唱堂より五、六歳は上に見えた。

「ええ、そうです」

唱堂の短い返事を受け、男達はじろりと珠里を見下ろす。不躾《ぶしつけ》な視線にむっとはしたが、年齢差を考えれば多少の上から目線はしかたがない。珠里からすれば彼等は父親にも近い歳《とし》だった。もっとも実際の父は結婚が遅かったので、祖父にも近い年齢ではあったのだが。

ここで張りあっても時間の無駄なので、一応礼儀《れいぎ》だけは通そうと口を開く。

「こんにち――」

「まったく免許も持たない、しかも女なんかになにができるっていうんだ」

初対面の人間からのいきなりの暴言に、怒るよりも珠里はあ然とする。

「しかもまだ小娘じゃないか」

「とんだ田舎者だ。街の女なら、蓋頭《がいとう》もかぶらず外に出たりはしないぞ」

「まったく、陛下のご酔狂《すいきょう》も困ったものだ」

「まあ造作は悪くはなさそうだから、磨《みが》けば下級の宮女くらいにはなれるかもしれんぞ」

そこで二人は声をあげて笑った。蓋頭とは女性が外出時に頭部を覆《おお》う布のことで、日除け等の実用面もあるが、本来の目的は顔を人目にさらさないようにするためのものだ。

次々と繰り出される暴言に、最初は呆然《ぼうぜん》としていた珠里だったが、とうぜんの権利として怒りを覚えてきた。礼儀を通そうと挨拶《あいさつ》をして、返されたのがこの非礼である。

（くっそ〜〜〜、挨拶なんてして損した！）

的外《まとはず》れなところで怒りを覚えつつも、気を静めるよう自分に言い聞かせる。もちろん普段であればもっと腹を立ててるところだが、それよりも気にかかることがあったのだ。

ひとつ息をつき、つとめて冷静さを装って口を開く。

「お尋ねしたいことがあるのですが」

泣き出すか、あるいは感情的に怒りだすとでも思っていたのだろう。淡々と丁寧《ていねい》に話しかけられた医官達は毒気を抜かれた表情をするが、かまわず珠里は問うた。

「陛下のご酔狂って、あなた達は私がここに呼ばれた理由をご存じなのですか？」

その問いに、医官達は訝《いぶか》しげに唱堂を見る。彼等の視線を受け、唱堂は冷ややかに返す。

「ただの噂を陛下のお言葉として迂闊《うかつ》に伝えるなどすれば、処罰されかねませんよ」

びくりと肩を震わせた医官達に、珠里はなんとなく事情を理解することができた。

おそらく皇帝の意向は、噂としてでも医官局の者には伝わっていたのだろう。もちろん唱堂も知っていた。だが直接〝勅〟を下されたわけでもないので、無責任な噂を珠里に伝えることは避けたのだろう。

「まあ、そうだったのですね」

わざとらしく声を高くして、珠里は言った。

「こんな方達でさえ知っていることを教えていただいていないのだから、唱堂さんがよほど下っ端の方なのかと思いました」

「………そなた、わりと失礼だな」

あまり腹を立てているふうもなく唱堂は言った。確かに珠里の言葉自体が、唱堂に対して失礼なのか彼の同僚に対して失礼なのかよく分からないものではあった。

対照的に怒りで身震いしている医官達を無視し、素っ気なく唱堂はつづける。

「噂はあったが、確かなことではなかったので伝えなかっただけだ」

「ではその噂でけっこうですから、教えてくださいな。私はなんのためにここに呼ばれたのですか？」

珠里が唱堂に詰め寄りかけたとき、むかいにいた医官達がとつぜんあわてふためきはじめた。

視線は珠里を通り越して、さらに後ろにむけられている。

（なによ？）

振り返った珠里は、思わず息を呑《の》んだ。

灰白色《かいはくしょく》の塀を背に、驚くほど美しい青年が立っていた。

年の頃は珠里と同じか、いっていても少し上くらいだろう。白皙《はくせき》の面差《おもざ》しに艶《つや》のある漆《しっ》黒《こく》の髪。少年らしさが残る細身で若木のようにしなやかな身体《からだ》。きりりと引き締まった意志の強そうな口許《くちもと》。長い睫《まつげ》の間からのぞく、黒というより薄墨《うすずみ》色といえそうに淡い色の瞳が不遜《ふそん》に珠里を見つめている。

（……なに、この人？　えらく綺麗な人だけど）

しばし目を奪われながらも、彼の値踏みをするような目差《まなざ》しに珠里は不快を覚えた。

先刻の医官達の暴言を思いだして、彼女の表情は自然と険しくなる。ここにいるということはこの人も医官なのだろうか？　だとしたらなぜ自分は、唱堂以外の医官からこれほど敵視されてしまうのだろう？

とつぜんがさがさと物音がした。見ると唱堂が膝をついて頭を下げている。

「ど、どうしたの、唱堂さん。具合でも悪いのですか？」

珠里は驚いて声をあげたが、気がつくと後ろの医官達も同じようにしている。

「ちょ、どうしたんです？」

わけが分からず、助けを求めるようなつもりでふたたび青年に目をむける。しかし彼は尋常《じんじょう》ではない三人のふるまいに驚いたようすもなく、泰然《たいぜん》と門前に立ち尽くしている。

あたりの空気を取り払うような威厳に、珠里は気圧《けお》されかかる。細身の身体にまとった袍の色は、貴石の瑠璃《るり》を思わせる深い青だった。

（なんて鮮やかな青……色？）

そこで珠里はふと思いだす。瑠璃を思わせる青は皇帝にしか許されない色だ。

なんでも先の王朝の皇帝の袍が黄色だったので、五行《ごぎょう》における黄を滅ぼす色として青が莉王朝では皇帝の袍を染める色になったのだと、染物を頼むときに世間話のついでに聞き覚えていた。

（そう……確か、瑠璃青《せい》といったはず）

しかしそれ以上、思考が働かなかった。もしこれが瑠璃青ならば、その色を着ている目の前の人間が誰であるのか普通に考えれば分かるはずだが、まさかという思いと認めたたくないという本能が全力で考えることを阻害していた。

「お前が、范珠里か？」

青年の張りつめた声に、逃避も虚しく現実に引き戻される。

「は、はい」

声を引きつらせながらも、頭の中で懸命に最悪の事態を回避しようとする。

瑠璃青の衣など話に聞くだけで、実際に目にしたことはない。そもそもこの色が『瑠璃青』なのだと誰も言っていないではないか。

（ただの派手好きで、礼儀知らずのお兄さんかもしれないし）

地味に失礼なことを言い聞かせながら、もしこの青年の正体が、自分の想像通りだとしたらと考える。

（私、立ったままでいいの？）

自問に血の気が引きかけたとき、絶妙の間合いで叫び声が響いた。

「陛下、こちらにおいででしたか！」

紫の袍を着た老齢の男が飛び込んできた瞬間、珠里は文字通り腰を抜かして座り込んだ。

（へ、陛下っ!?　陛下って、皇帝陛下!?）

座り込んだまま後退さる。いや、逃げるよりもひれ伏すべきだった。しかしどのみち手遅れである。なかば本気で斬首《ざんしゅ》を覚悟したときだった。

「随分《ずいぶん》と遅かったな。この笙碧翔《しょうへきしょう》待ちわびたぞ」

決定的だ。笙とは宗室《そうしつ》の姓である。半年前に即位したばかりの皇帝の名は知らずとも、九代にわたる宗室の姓ぐらい子供でも知っている。

「し、失礼いたしました。命ばかりはどうか……」

「いいからさっさと参れ！」

さっそく命乞《いのちご》いをする珠里の腕を、碧翔と名乗った皇帝は乱暴に引いて無理矢理立ち上がらせた。身体の均衡を立て直す間もなく引きずられ、必死の思いで足を進める。

「陛下、お待ちください！」

背後から呼び止める声がする。声からしてあの紫の袍を着た人だろう。聞こえていないはずは絶対にないが、碧翔は足を緩める気配はない。一の門をくぐって蒼鴬が微笑《ほほえ》む照壁《しょうへき》の前を通って大門を出ると、通りにはこれまで珠里が見たこともない立派な馬車が停まっていた。

「こ、これが……」

皇帝の馬車なのかと感嘆《かんたん》する珠里の前に、馬丁《ばてい》により美しい白馬が引かれてきた。碧翔はようやく珠里の手を離し、羽が生えたようにかろやかに馬に飛び乗った。

珠里は目を円くして、白馬と馬車を見比べた。

この馬車が皇帝の乗り物でないのだとしたら、あの紫の袍の人の物なのだろうか？　基本的に紫は高位の者が着る色だから、その人がこれぐらい立派な物に乗っていても納得できる。それでも瑠璃青に勝る色などあるはずもないのだが。

「そなたも来い」

考え込む珠里に、馬上から碧翔が手招いた。もちろん逆らうことなど考えられない。

「は、はい。して、どちらに行けばよろしいのでしょうか？」

おずおずと珠里は問うた。そう言うのなら、おそらく皇城だろう。しかし中に入ったところで右も左も分からないことは確実である。せめて行き先だけは聞いておかないと、路頭（？）に迷いかねない。

「だから、さっさと来いと言っておろう！」

苛立《いらだ》った声をあげる碧翔に、珠里はびくりと身体を震わせる。

意味が分からない。身分を考えれば、常人の感覚が通じなくともとうぜんの相手だが、なぜあの問いでいまのような返答になるのだろう？

おどおどと立ち尽くしていると、馬丁の青年が傍に近づいてきた。よく見ると交領《こうりょう》の衣装は品がよく、馬丁の身分には見えなかった。帯剣しているところから見ると、ひょっとしてある程度の地位にある武官なのかもしれない。珠里は現状も忘れて青年の顔を見る。色白で眉目《びもく》の整った品のよい面差しは、武官というより文官に見える。

「陛下はご自分の馬に、一緒に乗るように仰《おお》せだ」

「……………」

あまりに冷静に言われたので、自分が聞き違えたのかと思った。少しして意味を理解して悲鳴をあげた。

「い、一緒ってなんですか、それは!?」

「いちいち騒がしい女だな！　さっさと言う通りにしろ！」

すかさず碧翔は怒鳴りつけたが、珠里も簡単には引き下がれない。

「駄目です。私、馬なんて乗れません。いえ、大丈夫です。私のような庶民《しょみん》には、親からもらった二本の立派な脚がありますから、一人で歩いて参ります。それに適度に身体を動かすことは養生《ようじょう》のために基本中の基本です。今日はとつぜんこんなところに呼び出されたおかげで、日課の散歩をしていないのです」

動揺《どうよう》のあまり恐れ多いという言葉が出てこず、こんなところだとか、急に連れてこられて迷惑だったと取られかねない失礼な発言をしていることに、珠里は気づかなかった。

幸いなことに碧翔のほうも気づいていないようで、そこは指摘せずにがなりたてる。

「私だって脚はある。単に急いでいるだけだ」

「だ、だいたい皇帝陛下って、輿《こし》をお使いになられるんじゃないんですか!?」

「あんなもの、急ぎのときに使っていられるか！」

三度怒鳴りつけたあと、埒《らち》があかないとでも思ったのか碧翔はあの武官らしき青年に目配せする。

「汪礼《おうれい》」

え？　と思った矢先、ひょいと身体が持ち上がり、まるで荷物のように馬の尻のあたりに乗せられていた。両足で跨《また》いで乗るとか横座りなどの人間の乗り方ではなく、身体をうつ伏せに腰を折って跨がせられる、言ってみれば丈の長い荷物を括《くく》り付けるような手段である。

「ほら、この鞦《しりがい》をしっかり握って。落ちても責任は取れないよ」

首を直角近く曲げて顔をあげた珠里と目をあわせて、青年は言う。どうやら珠里を抱え上げたのはこの男で、名は汪礼というらしい。

「責任取れないのなら、降ろしてください！」

「大丈夫だよ。この位置なら、そう簡単には落ちないから」

「はあ!?」

「心配しなくともいいよ。陛下の乗馬の腕は一流だ。侍臣《じしん》の俺が保証する」

にこにこと笑いながら答えた汪礼に、その顔を引っ掻《か》いてやろうかと珠里は思った。

「汪礼、なにを！」

門の内側から唱堂が出てきた。この場で唯一頼りになる人間に、珠里はすがるような声をあげる。

「し、唱堂さん。助け――」

「おや、唱堂。お役目ご苦労だったね」

珠里と汪礼が同時に話しかけたとき、碧翔は前触れもなしに馬を走らせた。

「ひっ……」

声にならぬ声をあげ、珠里は反射的に鞦を握りしめる。後ろに人が乗っているというのに、碧翔は容赦《ようしゃ》なく馬を走らせる。珠里はこれまで馬に乗ったことがなかったので、この速度が加減しているのかいないのかは分からない。しかし十分に恐怖を感じる速さだった。

北の方向にむかって、風を切って馬が走る。展開から皇城にむかっているのだろうが、恐怖のあまり目をつむっていた珠里は、外の景色を見る余裕などなかった。ちらりと目を開けてみると、路には灰白色《かいはくしょく》の硬い化粧石《けしょうせき》が敷き詰められていた。むきだしの地面でも危ないが、こんなところで振り落とされては大怪我《おおけが》をしかねない。

どれくらい馬を走らせたのだろう。次第に速度が緩《ゆる》み、やがてぴたりと馬が止まった。しかし振動で頭がわんわんしていた珠里は、そのことに気づかなかった。

「着いたぞ」

呼びかけにようやく珠里は目を開け、そのまま顔をあげる。すると目の前に碧翔の顔があった。

「う、うわ！」

思わず悲鳴をあげた珠里に、碧翔も驚いたように腰を引きかける。

「いきなり、大きな声を出すな！」

「す、すみません。ここはどこですか？」

まだ完全には回復しない平衡感覚のままあたりを見回すと、化粧石を敷き詰めた広大な外院《そとにわ》の奥に青灰色の瑠璃瓦《るりがわら》を葺《ふ》いた巨大な宮が見えた。

「宮城《きゆうじよう》だよ」

別人の声に顔をむけると、いつのまにか碧翔の傍《かたわ》らに汪礼が立っていた。手綱《たづな》を引いているところからして、彼も騎馬であとにつづいてきたようだ。

「宮城？」

首を傾《かし》げる珠里に、笑いを堪《こら》えるように汪礼は言う。

「そう。ここから先は徒歩か輿のみだ。早く降りなよ」

「え、皇城は？」

「とっくに通り抜けたよ」

「え、もうですか？　皇城ってそんなに狭――」

うっかり口を滑らせた珠里に、碧翔の目が吊り上がった。現実的なことを言えば、皇城は巨大な敷地を所有はしているが、何万もの建物が並ぶ都市部、外城や内城に比べれば距離的に短いに決まっている。

（ひぃぃ～～～、今度こそ斬首かも）

己の失言におびえまくる珠里に、碧翔は気を落ちつかせるよう一息つく。しかしあいかわらず眉《まゆ》を吊り上げたまま怒鳴りつけた。

「とにかく、さっさと降りろ！」

「は、はい」

おびえつつ、珠里は足を伸ばすようにして着地した。しかし馬から手を放した瞬間、視界とともに身体《からだ》が大きく揺れた。まだ戻っていない平衡感覚を、焦ったあまり失念していた。石畳《いしだたみ》に身体が打ち付けられるのを覚悟して、とっさに身を固くしたときだった。

（え？）

どんっという衝撃はあったが、痛みはなかった。

気づくと、斜め横から碧翔に抱き留められていた。

「……危なかった」

ほっと息をついた彼の言葉で、珠里はなにが起きたのかはっきり理解した。

「す、すみません！　お手を煩《わずら》わせました！」

急いで碧翔の腕から離れたあと、謝るだけで礼を言っていないことを思いだした。

「ありがとうございます。おかげで怪我をせずにすみました」

「あたり前だ。ここで怪我などされては、お前のような無礼な女を我慢して連れてきた甲斐《かい》がなくなってしまう」

けんもほろろに言われて、珠里は恐縮のあまり身をすくませる。とはいえこれだけ怒鳴られつづければそれなりに慣れてきたので、おびえつつもわりとはっきりした口調で問う。

「そのことなのですが、なぜ私ごときが宮城に呼ばれたのでしょうか？」

せつな、碧翔の表情に物憂《ものう》げな影が差した。

（なに、どうかしたの？）

気にはなったが相手の身分を考えれば自分からとやかく訊くこともはばかられるので、珠理は碧翔がなにか言うのを待った。

白馬を横に、二人はしばらくの間立ち尽くした。

「母上の診療をしてほしい」

ようやく聞いた答えに、珠里は目を瞬かせる。横柄《おうへい》な物言いばかりをしていた碧翔が、命令ではなく〝してほしい〟と懇願《こんがん》した。

しかしそのことに驚くよりも、診察の対象のほうに驚いた。

皇帝の母親といえば皇太后《こうたいごう》と呼ばれる人物だ。孝行が尊《とうと》ばれる世において、正妻である皇后《こうごう》より高い身分とされる。つまりこの国でもっとも高貴な女性である。

大あわてで珠里は答えた。

「光栄なお言葉ですが、私は父の助手をしていただけで医者でもなんでもありません。

宮城《ここ》には医官局の優秀な宮廷医の方々がおいでではありませんか？」

「彼等は男だ」

気まずげだがはっきりと告げられた答えに、珠里は表情を硬くする。

自分の内側に抑えていたどろどろとしたものが、わずかな熱を持ってにじみ出てくるのを感じた。理性とは別の思いが、それまでとは別人のように珠里を大胆《だいたん》にさせる。

「それで陛下が、彼等の診察を拒《こば》まれたのですか？」

物言いは丁寧《ていねい》だが聞きようによっては、それこそ碧翔を咎《とが》めていると取られかねない。だが珠里は問わずにはいられなかった。理不尽な貞節《ていせつ》を強要されたことで、命を落とした親友の記憶がよみがえる。

（お嬢様……）

五歳上の黄蓮は、庘《しょう》の大地主の娘だった。父の診察で訪れた彼女の実家で出会って以来、年齢と地位の差を超えて二人は友情を築いてきた。姉のように慕《した》っていた優しく美しかったその親友は、日も当たらない部屋で医師に診《み》てもらうこともなく野良猫のように亡くなった。

あんな悲劇が、皇帝の母にまで起こりうるというのか？

「そんな馬鹿なことをするはずがないだろう！」

強い声音《こわね》に、珠里の逆上《のぼ》せあがっていた頭からすっと熱が引いた。

われに返って碧翔を見ると、彼は指をぎゅっと握りしめて拳を作った。

「私は何度も説得した。だが婦道《ふどう》を厳しく躾《しつ》けられた母上にとって、一度人妻となった女が夫以外の男に触れられることは、生命を以《もっ》てしても回避せねばならぬとおっしゃるのだ」

腹立たしげだった物言いが、あっという間に途方にくれたようなものになる。先刻見た憂《うれ》いを帯びた表情と重なり、早合点《はやがてん》をした気恥ずかしさから珠里は頬《ほお》を赤くする。

（皇帝陛下の母親にまでそんなことが……）

いや、むしろ皇太后というもっとも高貴な身分にあるからなのだろう。どんな名医でも呼び寄せることができ、どんな高い薬も惜しみなく使うことができる人が皮肉な話だ。

女性が男性より強い貞節を求められることは世の常だ。特に良家ではそれが顕著《けんちょ》で、由緒《ゆいしょ》正しい家柄の女性が家族以外の男性にその姿をさらすことははしたないこととされ、一家の主婦や娘はその家にこもって過ごした。

それでも古い時代は離婚や再婚も珍しいものではなかった既婚女性に、いつの頃からか世間は極端に厳しい貞節を求めるようになっていた。夫亡きあともそれは変わらず、寡婦《かふ》の最たる理想は夫に殉《じゅん》ずることとされているほどだ。さすがに現実的にはそこまではしないが、再婚などもってのほかで、貧しさから飢えて死ぬことは些細《ささい》なことだが、二夫に見《まみ》えて貞節を汚すことは女にとって最大の屈辱《くつじょく》と世間では説《と》かれている。本当の話かどうか甚《はなは》だ疑わしいが、外で足を挫《くじ》いた寡婦に通りすがりの男が薬をつけてやったところ、彼女は帰宅後に自分の足を夫以外の男に触れられた穢《けが》れたものとして切り落としてしまったのだという。

このような話が既婚婦人のあるべき姿として称賛され、烈女《れつじょ》として良家の子女向けの教本に掲載されているのだ。そしてそんな家庭に嫁《とつ》いだ黄蓮は、夫が妓楼《ぎろう》通いで罹《かか》った病をうつされたあげく、婚家の意向で女巫《みこ》の祈禱《きとう》しか受けさせてもらえずに亡くなってしまった。当の夫は景京の有名な医者の治療を受けて回復したというのに——。

思いだすたびに珠里の心に、黄蓮の婚家への怒りが湧き上がってくる。

飢えであろうが、病であろうが、死は人間にとって最大の恐怖だ。強制された貞節よりも生きたいという切なる願いのほうが優先されてしかるべきに決まっているではないか。そんなことも分からない者達が黄蓮を死に追いやったのだ。

だがいま碧翔は〝そんな馬鹿なことをするはずがない〟と言った。そして何度も母親を説得したとも言った。

珠里の胸に救われたような思いが込みあげる。

「陛下」

呼びかけに顔をあげた碧翔は少し驚いた顔をする。珠里の表情も声音も、これまでとは別人のように凜《りん》として落ちつきはらったものに変わっていたからだ。先ほどまでまともに目をあわせることさえ難しかった相手を、珠里は堂々と真正面から見つめて言った。

「私は医師の資格もないただの娘です。それでよろしいのですか？」

「もとよりそれを承知で、お前を呼び寄せた」

その答えに珠里は袖《そで》のうちで握った指に力を込める。

熱い思いと高揚感《こうようかん》に拳を震わせながら、彼女ははっきりと碧翔に告げた。

「では私を、皇太后様のもとに連れていっていただけますか？」

# 第二章

皇帝の住まいである宮城《きゅうじょう》は、皇帝宮と皇后宮の二つの宮を中心に構成されている。正門をくぐって正面にある宮が皇帝の住まいで、その後方、すなわち北側に皇后《こうごう》のための宮が建つ。

この二つの宮を中心に東西に複数の殿が建ち、他の妃嬪《ひひん》やその子達の住まいに充《あ》てられている。さらに別域に皇太后のための宮がある。これら皇帝宮から北の奥に位置する複数の宮や殿が、いわゆる『後宮』と呼ばれる場所である。

ちなみにいま後宮に住まう妃嬪は亡くなった先帝の妃達ばかりで、碧翔《へきしょう》の妃はいない。帝《みかど》が亡くなってから十カ月間、妃達は後宮で過ごさなければならない決まりで、新帝の妃が後宮入りすることができないのである。もちろん皇太子時代から仕えていた妃は別だが、新帝のための新しい妃嬪が後宮入りするのは、その即位から十一カ月目になる。

これは二代皇帝太宗《たいそう》のときに定められたしきたりだった。というのも始祖・高祖《こうそ》が亡くなったおり、殉葬《じゅんそう》させられた妃が身籠《みご》っていたことが分かったからである。人道的な理由ではなく皇帝の子を殺すという事態を回避する目的ではあったが、この決まりがはからずもその後の殉葬という残酷《ざんこく》な習慣を防ぐ結果にはなったのだ。

「ここから先はお二人で」

自分と碧翔、二頭の馬の手綱《たづな》を引いた汪礼《おうれい》とは門のところで別れた。男性はたとえ丞相《じょうしょう》であっても、宮城には皇帝宮までしか入れないのだそうだ。逆に言えば皇帝宮ならば、男女が顔をあわせることは可能ということになる。

とはいえ寵《ちょう》を受ける妃嬪は、皇帝に呼び出されたときぐらいしか皇帝宮に足を運ばない。よって外から来た人間が見ることができる婦人は、妃嬪ではなく皇帝宮で奉仕する女官や宮女だけである。その彼女達とて、自由に宮城を出ることはできなかった。

碧翔の後ろについて、珠里《しゅり》は進む。

回廊《かいろう》をいくつも折れ曲がり、そのたびに驚くほど豪華な宮や院子《にわ》が現れる。柱の先に広がる庭園には、翡翠《ひすい》色の池を中心に瓦屋根《かわらやね》の四阿《あずまや》、石造りの太鼓橋《たいこばし》、青々とした植え込みやこの季節に芍薬《しゃくやく》や牡丹《ぼたん》が美しく配置されている。

しかしそんな景色にうっとりする余裕は、珠里にはなかった。

（どこを通っているのか、全然分からないんだけど……）

似た景色の繰り返しで、自分が右を行っているのか左を進んでいるのかも分からない。

そういえばはじめのうちは回廊ではなく両脇を塀《へい》に囲まれた宮道を通っていたが、あれがひょっとして皇帝宮と後宮をつなぐ道だったのだろうか？

（でも、あのすかした汪…なんとかって人とは、外院《そとにわ》のところで別れたわよね）

となると、あそこが皇帝宮と後宮のつなぎ目だったのだろうか？　ならばすでに後宮に入っていることになるはずだが。あれやこれやと悩んだが、気軽になにか問える相手でもないので、疑問を抱いたまま珠里はひたすら碧翔の背を追いつづけた。

身長差でとうぜん碧翔のほうが歩幅は大きいわけだが、もちろんまったく気づかわれている気配はない。そのうえ男女差を考えても碧翔はかなりの早足で、しかも後ろを振り返りもしない。おかげで珠里はなかば走るようにしてついていかなければならなかった。

（やっぱりこの人、超せっかちだわ）

いまさらながら珠里は痛感した。そんなことは身分も顧《かえり》みず、内城まで出てくるという行為で明確すぎることだった。いくら孝行がもっとも称賛される行為でも、普通は皇帝自ら足を運んだりしないだろう。

（まあ、皇帝の普通や常識なんて、私に分かるはずもないけどね………）

回廊を行く途中で複数の宮女とすれちがったが、あわてて道を開ける彼女等を一顧《いっこ》だにせずに碧翔は突き進んでゆく。後ろからついてきている珠里に対して、振り返りもしないのとまったく同じ反応だ。

（典型的な陽証過剰《ようしょうかじょう》気質ね。こういう人って血を消耗《しょうもう》しやすいのよね。あと気ものぼ

りやすいからすぐ怒るのよ）

もはや息を切らしつつも、習慣でそんなことを考えながら必死にあとを追う。なにしろいっときでも見失えば、確実に遭難《そうなん》してしまう広大さだ。

どれほどの数の回廊を曲がっただろう。やがて突き当たりに、紫檀《したん》の格子《こうし》細工が美しい両開きの扉が見えてきた。碧翔が近づくと、まるで待ちかねていたように内側から扉が開く。少し遅れて追いついた珠里は、奥から出てきた女性の姿に目を見張った。

彼女は遊牧民が着る胡服《こふく》を着ていた。夏の海のような濃い青に様々な色糸でふんだんに刺繍《ししゅう》を施した美麗《びれい》な品ではあるが、どう考えても宮女が着るものではない。

（なんだろう、この人。ひょっとして女優かしら？）

ならば奇抜な服装もうなずける。なにより際立《きわだ》って華やかな美貌《びぼう》がそう思わせた。歳《とし》の頃は二十歳《はたち》前後。すらりとした長身に、両手で包みこめるような小さな白い顔。かさのある黒髪は高い位置で結いあげている。

黒瑪瑙《くろめのう》のような瞳は一見して蠱惑《こわく》的だが、猛禽《もうきん》を思わせる鋭い光を放っていた。その瞳が不躾《ぶしつけ》なほど率直《そっちょく》に碧翔を見る。もちろん皇帝に対して大変な不敬《ふけい》だ。彼女のあまりの大胆《だいたん》さにおののき、珠里は一歩下がった位置から二人を眺めた。

「もうお帰りになるのか、莉香《りか》姉上」

碧翔の冷ややかな物言いと姉上という呼称に、珠里は驚いた。碧翔が姉と呼ぶのなら、彼女は公主、先帝の娘であるから長公主《ちょうこうしゅ》と呼ばれる存在になる。

（長公主様って、この方が？）

信じがたい思いで、珠里は莉香と呼ばれた公主に目をむけた。

碧翔とはまったく似ていないが、負けず劣らずの圧倒的な美貌の持ち主だった。しかしその装《よそお》いは、とても公主のものとは思えない。

「私がいたって、お母様の具合はかえって悪くなりそうだからね」

およそ皇帝に対するものとは思えぬ、まるで市井《しせい》の娘のようにぞんざいに莉香は答えた。

「それが分かっているのなら――」

「その娘なの？」

碧翔の抗議を遮《さえぎ》り、莉香は問う。白魚《しらうお》のような指が無遠慮《ぶえんりょ》に珠里を指し示す。

「ああ、そうだ」

苛立《いらだ》ちを隠そうともせずに碧翔は答えた。あからさまな不穏な空気に、珠里はおどおどしながら居たたまれないように立ち尽くす。

莉香は嘲《あざけ》るように鼻を鳴らした。

「誰を連れてきたって無駄よ。お母様の病は誰にも治せないわ」

珠里は息をつめる。皇太后はそんなに悪い病なのか？　いや、もしかしたら治る病でも手遅れとなってしまっているのかもしれない――黄蓮のように。

答えを求めるように碧翔を見ると、彼は険しい表情で莉香をにらみつけた。

「医師でもないあなたに、そんなことを判断する能力はない」

「分かるわよ。これでも一応娘なのだから」

臆したようすもなく莉香は反撃するが、娘だからこそ、その口から放たれた断定に珠里は不審を覚える。さんざん苦慮した結果、その末の〝治らない〟という諦観《ていかん》なら分かる。だが莉香の口調はあきらかにちがう。彼女の物言いは、苛立ちから突き放している者のそれだった。

しかも〝分かる〟と言ったときの莉香は傲岸《ごうがん》で、まるで碧翔に対して勝ち誇っているかのように見えた。

（なんなの、この公主様………）

苦々しく思っていると、なんらかの気配を感じたのだろう。とつぜん莉香は視線を動かして珠里に目を留めた。鋭い目差《まなざ》しをぶつけられ、珠里は思わず身を固くする。騒ぎを聞きつけたのか、建物の内と外から複数の宮女が駆け寄ってきた。だが彼女等はむかいあう姉弟の姿に、臆したように少し手前で立ち止まってしまう。

「お前、気の毒ね」

嘲笑《あざわら》うような莉香の言葉に、珠里は目を瞬かせる。

「治せない病人を押しつけられて。結果によっては処罰されるかもしれないわよ。だって皇族の治療にあたるって、そういうことだもの」

「……」

言葉を失う珠里に、ここぞとばかりに莉香は畳《たた》み掛ける。

「いまのうちに逃げたほうがいいわよ。なんだったら手伝ってあげる」

言葉だけ聞けば親切だが、その口調も表情も面白がっているようにしか見えない。しかし珠里は恐怖や怒りを感じるよりも、あまりの衝撃に状況をうまく呑《の》み込むことができずにひたすら呆然《ぼうぜん》としていた。

(処罰されるって、治せなければ?)

信じられない。そんな馬鹿なことがあるはずがない。治療の不手際《ふてぎわ》が原因だというのならともかく、悔《くや》しいが世の中には治せない病はかならず存在するというのに。

「姉上!」

耐えかねたように碧翔は声をあげた。実の姉に対するものとも思えぬ、憤怒《ふんぬ》をみなぎらせた瞳で莉香をにらみつける。

「いい加減にしてくれ。あなたがそんなふうだから母上は——」

「治せない状態なのかどうかは、病人を診《み》てから判断します」

二人の諍《いさか》いを断ち切るように返した珠里を、碧翔と莉香は気圧《けお》されがちに見つめた。

もちろん珠里とて、処分という言葉に恐怖を感じた。しかしそれは驚くべき早さで怒りに変わってしまっていた。

（そんな馬鹿なことってある？）

一方的に連れてこられ、そのうえ初対面の医官達から嫌みを言われて、次は荷物のように馬に乗せられ、あげくが先ほどの莉香の言葉だ。そんな理不尽な話があるものか。不治の病の責任を取らねばならないのなら、この世から医者はいなくなってしまうだろう。

だが天子を相手にそんなことを訴えてもしかたがない。道理など自分の都合で塵芥《ちりあくた》のように吹き飛ばしてしまうだけの力が、この人達にはあるのだ。

それならば――。

逃げだすことなどとうていできないのなら、自分が進む道はひとつしかない。怒りが冷静さを伴《ともな》った開き直りに変わるまで、時間を要さなかった。

「陛下、ご案内いただけますでしょうか？」

「……あ、ああ」

動じながらも碧翔は扉をくぐりぬけ、珠里はそのあとにつづく。すれちがいざまに莉香の鋭い視線を感じたが、珠里は足を止めることはしなかった。

扉の内側には、趣向を凝《こ》らした見事な内装の空間が広がっていた。

光の加減で鳶《とび》色にも濃い紫にも見える紫檀の柱と窓枠《まどわく》が、白い壁によく映える。欄間《らんま》には鳳凰《ほうおう》や亀など縁起物《えんぎもの》の透かし彫り細工が施《ほどこ》され、天井には琺瑯《ほうろう》細工の灯籠《とうろう》が揺れている。壁際の飾り棚《だな》には、翡翠《ひすい》と白珠《しろたま》で牡丹《ぼたん》の花を模した豪奢《ごうしゃ》な盆景《ぼんけい》が置いてあった。

しかしそんな見事な調度《ちょうど》の数々にも、珠里は少しも心惹《ひ》かれなかった。緊張していたことはもちろんだが、いまから患者を診るのだと思うと気持ちの高ぶりが抑えられなかったのだ。場合によっては生命にかかわるかもしれないというのに、恐怖で萎縮《いしゅく》するどころか興奮している自分が信じられない。

紫檀の格子に玻璃《はり》をはめこんだ間仕切りが、先導役の宮女の手によって厳《おごそ》かに開かれる。最奥にはまるで寝台のように大きな長椅子《ながいす》があり、そこに若草や黒の色糸で蔓文様《つるもんよう》を織り出した臙脂《えんじ》の大袖衫《おおそでさん》を着た女性が臥《ふ》せるようにしてもたれかかっていた。

「母上」

碧翔の呼びかけに、彼女は伏せていた顔をあげた。つまりこの女性が皇太后《こうたいごう》ということだ。

珠里は少し離れた位置から、彼女の姿を眺めた。

（お綺麗《きれい》な方………）

子の年齢からして四十歳前後というところだろうが、その姿形は十分に美しかった。特別若く見えるわけではなく、しっとりとして艶《つや》のある年齢相応の美貌の持ち主だった。

（それに、長公主様と似ている）

母娘《ははこ》というだけあって、やはりその目鼻立ちや身体《からだ》つきはそっくりだった。しかしかもしだす雰囲気《ふんいき》は、あまりにもちがっている。尖った個性が際立っていた莉香に比べ皇太后は嫋々《じょうじょう》として、世間が考える女性としての理想を体現したような美貌だった。

皇太后は長椅子から身を起こすと、碧翔の顔を見上げた。

「碧翔。天子は忙しい身なのですから、そのように毎日来なくともよいのですよ」

「大丈夫です。政務はきちんと果たしておりますから」

誠実な答えに、碧翔がどれほど母親を敬《うやま》っているのかがうかがえた。

だからこそあまりにも落差のある莉香の言動が気になる。母親の病を慮《おもんぱか》るどころか試《し》行錯誤《こうさくご》する弟に〝治らない〟と言い切ってしまうなど、娘としてありえない。

（でも治らないって、本当に？）

間仕切りの傍から、珠里は皇太后の望診《ぼうしん》をはじめた。断りもなしに凝視するなど、相手の身分を考えればとんでもない非礼だが、珠里にとってほとんど本能のような行動だったのだ。

（顔色は……お化粧《けしょう》をしていてもこれなら、かなり青白い。痩《や》せていて声も張りがない。気も血も足りないし、滞《とどこお》ってもいそう）

視線を感じたのか、あるいは最初から存在を単純に疑問に思っていたのか、皇太后は珠里のほうに視線を動かした。

「碧翔、その娘は？」

その言葉に珠里はわれに返る。挨拶《あいさつ》もしないうちから望診をはじめるなんて、自分の非礼を自覚して視線を床に落とす。

「范《はん》珠里といって先日お話しした者です。母上の治療をさせるために、城外の廂《しょう》から連れて参りました」

外から連れてきたなどと、敢《あ》えて田舎者《いなかもの》を強調するような碧翔の紹介を受けて、珠里は拱手《きょうしゅ》し礼をしてから顔をあげた。対して皇太后は驚きに一度見張った目をそっと細める。

「そうですか。遠いところをわざわざご苦労でしたね」

珠里は目を瞬かせる。皇太后の優しい表情も声音《こわね》も、珠里がまったく予想していなかったものだった。そもそもこの景京《けいきょう》に入って、はじめて慰労《いろう》の言葉を聞いた。

「い、いえ……」

張りつめた心がほぐされ、不覚にもにじんだ涙を懸命に堪《こら》える。これから診察を行うというのに、泣いている顔など見せられない。そんなことをしては患者に不安を与えてしまう。意志の力で平静を保ち、珠里は毅然《きぜん》として告げた。

「さっそくですが、診察をはじめてよろしいでしょうか？」

同時にうなずいた碧翔と皇太后に、珠里は首を横に振る。

「大変申し訳ございません。陛下は席をお外しいただけますでしょうか？」

その要求に、碧翔は眉《まゆ》を吊り上げる。

「天子である私に、退席せよと申すのか!?」

「婦人への問診は、殿方《とのがた》には聞き慣れない少々立ち入ったことも訊かなくてはなりません。皇太后様がご自身の状態を気兼ねなくお話しすることができますよう、どうぞ殿方はご遠《えん》慮《りょ》くださいませ」

臆することなく珠里は返した。正直かなり怖くはあったが、それでも心のどこかで開き直っていた。理由は先刻の莉香の言葉だ。機嫌を損《そこ》ねようとかまうものか。治癒《ちゆ》が叶わなければどのみち処罰されてしまうのだ。きちんと診察ができなければ、まともな治療などできるはずがない。

たがいに引くことのない二人に、見兼ねたように皇太后が口を開く。

「碧翔、この娘の言う通りにしてください」

「母上!?」

碧翔は不満げな声をあげた。内心で快哉《かいさい》を叫んだ珠里は、すぐに自分の目を疑った。

（え？）

皇太后を見る碧翔の目差《まなざ》しが、すがりつくような弱気なものに見えた。

だがそれは一瞬のことだった。もう一度見たときには、碧翔は彼らしい威厳のある表情を取り戻していた。息子のその変化に気づいていたのかは不明だが、皇太后はなだめるように穏やかに告げた。

「それに都城の外から連れてきた者なのでしょう？　ならば安心だわ」

その皇太后の言葉を、珠里は訝《いぶか》しく思った。普通であれば面識のない外から連れてきた者のほうにこそ警戒しそうなものだからだ。

（どういう意味だろ？）

首を傾《かし》げる珠里の前で、碧翔は静かに告げた。

「分かりました。では診察が終わってから、話を聞きましょう」

碧翔が部屋を出ていったことに安心しながらも、珠里は少々不満を覚えた。母親が宮廷医の診察を受けない理由を分かっているのだから、珠里の言い分に納得してもよさそうなのに、なぜああいう反応になるのだろう。

（自分は男でも特別だと思っているのかしら？）

確かにそれで言うのなら、天子は特別な存在にはちがいない。あるいは母子の間で男女の問題をとやかく言っても釈然としなかったのかもしれない。珠里自身は初潮が来たとき異性である父親に告げることはできなかったが、そのあたりはやはり男女のちがいはあるのだろう。

（でも、あの表情はどっちかというと……）

自尊心を傷つけられたというより、不安におびえているような表情だった。皇太后を見る碧翔の目は、母親から引き離される子供のもののように見えた。

「待たせましたね」

ぼんやりと考えているところに声をかけられ、珠里は皇太后のほうを向き直った。

「い、いえ。どうぞよろしくお願いします」

あらためて挨拶をすると、皇太后はふたたび目を細めた。

人並み外れた美貌《びぼう》の持ち主だが、やつれは顕著《けんちょ》だった。

「夜は眠れていますか？」

いきなり切りだされ、皇太后は目を円くする。その周りの皮膚《ひふ》は黒ずんで見える。睡眠不足はあきらかだった。あんのじょう彼女は力ない笑みを浮かべ、首を横に振った。

「……あまり眠れていないわね。眠ったとしても浅くて、夜中に何度も目を覚ますの。ときにはそのまま、朝まで眠れないときがあるわ」

「そうですか。他に特にお辛《つら》いことは？」

「ひどい肩こりや頭痛、胃の痛みが頻繁《ひんぱん》にあるわ。それとときどき胸や息が苦しくなって、身動きがとれなくなってしまうこともあるの。そうなったら寝台から起き上がることもできないほど身体が辛くなるのよ」

　珠里は皇太后の訴えを丁寧《ていねい》に聞き、自分からも質問をした。

「いつ頃からこのような状況になりましたか？」

「月のものは規則的ですか？」

「胸や息の苦しさは長くつづきますか？」

「寝汗はかきますか？　喉《のど》の渇《かわ》きはどうですか？」

　細かく尋ねたあと、舌と脈の状態を確認して症状の要約を紙に書きつける。紙は持参してきたものだった。診察を止めて一年経つが、珠里は鞄《かばん》に診察道具を入れたままにしていた。他に片づける場所がなかったこともあるが、潔《いさぎよ》く処分することができずに、とうとう一年が過ぎてしまっていた。

　その紙を眺めながら思案の末、珠里は皇太后に告げた。

「ひとまず薬を処方いたします。それでようすを見てみましょう。宮殿に薬方部はありますか？」

　すると皇太后ではなく、傍《かたわ》らに控えていた宮女が答える。

「ございますが、生薬《しょうやく》の種類はさほど多くはございません。複雑なものは医官局の扱いになりますので。処方をいただければ、すぐに宦官《かんがん》に持たせますが」

「分かりました。ではこれをお願いします」

　珠里は手にしていた紙を渡した。

「必要な生薬を指定してあります。調合は私がやりますと伝えてください。あと食事のほうも注意したいことがあるのですが誰か……」

　すると先ほどとは別の、年配の宮女が手をあげる。

「私が承《うけたまわ》ります。皇太后様がお口になされるものは、すべて私が管理いたしております」

「そうですか。では今日からの皇太后様のお食事に、かならず酸味のあるものを付けてくださるようにお伝えいただけますか」

「酸味？」

　首を傾げたのは、宮女ではなく皇太后のほうだった。珠里はこくりとうなずく。

「はい。具体的には梅や柚子《ゆず》、杏《あんず》。酢を使った料理でもよいです。肝《かん》の働きを助ける効果がありますので、おそらく皇太后さまの症状に効果があると思います。他に生姜《しょうが》やネギ、ニラ等を積極的に取ってください。血のめぐりをよくしたり身体を温めたりする効果があります」

　澱《よど》みなく答えた珠里を、皇太后と宮女達はしばし感心したように見つめる。やがて皇太后はほうっとため息をついた。

「まさかこんな若い娘だと思わなかったわ。そなた幾つになるのです？　莉香といくつもちがわないように見えますが」

「十七歳です」

「そう。では莉香より三歳下ね」

「長公主様は二十歳《はたち》になりですか？」

珠里の問いに皇太后は一度うなずいてから、ふと気づいたように問う。

「そなた、莉香を知っているのですか？」

「ここにおうかがいしたとき、出入り口でお会いしました。ちょうどお帰りになられるところのようでした」

碧翔とのやりとりには触れなかったが、皇太后に気にしたようすはなかった。そもそも彼女はこの部屋で臥《ふ》せっていたのだから、あのやりとりを知らないのだろう。それでも自分の子供達の仲があのように険悪だと知ったら、きっと心を痛めるだろうと珠里は思った。

「そうなのよ。あの娘はすぐに帰ってしまうのよ」

苦笑交じりに語る皇太后の周りで、宮女達は苦々しい面持《おもも》ちを浮かべている。なんとなくだが、彼女達の莉香に対する評価が伝わってきた。奔放《ほんぽう》で性格も刺々《とげとげ》しい公主には、宮女達も手を焼いているのかもしれない。

「そうですか。お寂しいですね」

他に言いようもなく珠里が答えると、皇太后の口許《くちもと》に浮かんでいた笑みが消えた。きょとんとする珠里の前で、皇太后は静かに首を横に振る。

「そんなことはないわ」

「え？」

「別に、無理をして来なくてもいいのよ」

母が娘に対するものとも思えぬ突き放した言葉に、珠里は驚いて皇太后を見る。しかし彼女の遠くを見るような目差《まなざ》しからは、その真意はまったくうかがえなかった。


診察を終えたあと、珠里は少し離れた別室に連れていかれた。日はすっかり暮れてしまっており、途中回廊《かいろう》から見上げた宵《よい》の空には一番星が輝いていた。今朝、自宅の院子《にわ》で薬草を干していたことが、はるか昔の出来事だったような気がする。

通された場所は居間と寝室の二間つづきになった、中堅より少し身分が高い宮女のための部屋だそうだ。こんな時刻になってしまったので、必然今宵は泊まりとなったのである。

案内役の宮女が下がってから、珠里は力尽きたように卓上に顔を伏せた。

「疲れた〰〰」

思いもかけず皇太后はよい人だったが、唱堂《しょうどう》をのぞけば気を張らなければいけない相手ばかりで、しかもあからさまに敵意をぶつけてくる者達もいた。そのうえ次第によっては罪を問われるというのだから疲れるのもとうぜんだろう。

「でも、まあ……」

珠里は天板から顔をあげた。自分でも気づかないうちに、快心の笑みを浮かべていた。疲れたとはいっても、それは心地よい疲れだった。自分の内側に、熱いものがそそぎこまれているのを自覚している。父が亡くなってからずっと在りつづけた空虚なものが、いつのまにかすっかり満たされていた。

珠里は上半身を起こして卓上の茶碗《ちゃわん》に手を伸ばした。この部屋に案内してくれた宮女が持ってきてくれたもので、一口含むとほのかな香りとまろやかな風味が広がった。きっと庶民《しょみん》には手が出せない上等な茶葉を使っているにちがいない。自分が淹《い》れたものとは大違いだ。珠里が家で飲んでいたものなど、水のほうがましなぐらいだった。

「おいしい……」

やりがいのある仕事を終えたあとに高級なお茶を飲む。なんという極上《ごくじょう》の幸せだろう。自然と笑みがこぼれて、はからずもにやにやしているときだった。

「范珠里」

鋭い声に茶を口に含んだまま固まる。

(こ、この声は………)

一拍置いてむせないように慎重に嚥下《えんげ》し、おそるおそる振り返ると、扉を背に碧翔が立っていた。

「へ、陛下……どうして？」

「自分の宮にいてなにが悪い？」

「は？」

珠里は目をぱちくりさせた。てっきり皇太后宮《こうたいごう》の一室にいるものと思いこんでいたが、いつのまにか皇帝宮に戻っていたらしい。そういえば皇太后のもとを辞してから、それなりの距離を歩いてこの部屋に着いた。その間いくつかの扉と回廊を抜けたが、まったく気づかずじまいだった。

（ていうか、広すぎでしょ）

呆《あき》れ半分に思っていると、碧翔がずかずかと中に入ってきた。緩《ゆる》んでいた気持ちがあっという間に張りつめ、珠里は急いで立ち上がった。

「す、すみません！」

「は？　いったいなにを謝る？」

「うわ、すみません」

「だからなにを謝っている！」

不毛なやりとりのあと、珠里も少し冷静になった。条件反射で謝ってしまったが、確かに謝罪するような失態はおかしていない。それどころか問答無用で連れてこられたのだから、むしろこちらが謝ってほしい……とは、さすがに言えない。

ようやく落ちつきを取り戻した珠里に、碧翔は呆れたように言った。

「お前は変な女だな。つまらないことにびくびくしているくせに、母上の前では熟練の医師のように自信を持ってふるまっていた」

「病人の前でおびえた姿を見せるわけにはいきませんから」

珠里の答えに碧翔は意表をつかれたかのように、軽く目を見張った。

虚勢ではなく診療に対しての自信はあった。珠里の診立《みた》てや薬の処方の腕は、近隣の誰もが認めてくれていた。ときには父でさえ舌を巻き、おりにつけ「お前は蒼鷲《かんおう》様の生まれ変わりだな」と目を細めていた。

だが父が亡くなってから、その自信が揺らいでいる。

任按《にんあん》に脅《おど》されたから診療を行わなくなった。

もちろん一番の理由だが、実はそれだけではなかった。心の中にある劣等感と不安がそれまであった自信を揺らがせ、珠里に病人に対峙《たいじ》することを躊躇《ちゅうちょ》させていたのだ。

碧翔はじっと珠里を見つめ、やがて独り言のようにつぶやいた。

「そうだな。皇帝も同じだ」

予想外の反応と言葉に、珠里は驚いて碧翔を見る。しかし彼は何事もなかったように口を開いた。

「それで母上の具合はどうだ?」

「あ……」

そういえばあとで訊きに来ると言っていた。漠然《ばくぜん》と皇太后に対して言ったものだと思いこんでいたが、あれは珠里に対して言ったものだったのか。

「おそらく血と気、特に血のめぐりが悪くなっているのだと思います。あの年代の女性にはよくある症状です。ただ皇太后様は、人よりも症状が強いようにお見受けします」

「治るのか？」

せっかちな気性をあからさまにして、間髪《かんはつ》を容《い》れずに碧翔は問う。

「病気というより年齢による身体《からだ》の衰えからくる症状ですから、ある程度はうまくお付き合いいただかなければなりません」

珠里の答えに、碧翔はあからさまに不審な表情をした。さもありなん。病気ではないから逆に治らないとも受け取られかねない発言だった。そのあたりの反応はひしひしと肌で感じたので、急いで珠里はつづけた。

「ほとんどの方は、年月とともに落ちついてくるものではありますが………」

「年月とは、どれくらいだ」

「個人差がありますが、だいたい七年から十年――」

「そんなに長くかかるのに、病気ではないとはどういうことだ！」

言い終わらないうちに怒鳴りつけられ、珠里はあわてて取りつくろう。

「ですがもう少し症状を緩和《かんわ》することはできると思います。せめて日常生活を過ごせるようになっていただかないと、いまのままではあまりにもお気の毒ですから」

「方法はあるのか？」

「それは――」

珠里が答えようとした矢先、碧翔が衝撃的な言葉を告げた。

「実は母上は、ご自分が毒を盛られたのではないかと心配しておられるのだ」

予想外の言葉に、珠里はしばし絶句する。

「……………ど、毒って誰が？」

ようやく口にした問いに、碧翔は首を横に振った。

「正直に言えば、私も半信半疑だ。そもそも母上を弑《しい》して得をする人間がいない。父上の御世《みよ》であれば妃達が寵《ちょう》を争った末にというのもありうるが、私の代になってそのような必要はもはやない。それに母上の状態が悪くなったのは、私が即位をしてからのことだ」

時期的なことは、問診のさいに皇太后から直接聞いた。だからこそ半信半疑だという碧翔の言い分は納得できるし、珠里の診立てにもそんな可能性は出てこなかった。

しかしそれで、昼間の碧翔と皇太后のやりとりに納得がいった。

（だから、城外の者だと安心だって言っていたのね）

そういえば年配の宮女が、皇太后が口にするものはすべて自分が管理していると言っていたが、それもそのあたりに理由があったのかもしれない。

「お前はどう思う？」

碧翔の問いに、珠里は首を横に振った。

「私も、そのようなことはないと考えます。ただこの手の症状に悩まされる婦人は、往々《おうおう》にして不安や猜疑心《さいぎしん》に苛《さいな》まれることがございますので、そうお考えになるのも、あるいは病状ゆえかと――」

「范珠里はいるか？」

呼びかけに珠里は言葉を遮《さえぎ》られる。見ると扉の先に汪礼が立っていた。そして彼の斜め後ろには唱堂がいる。

「おや、陛下」

動じたようすもない汪礼とは対照的に、唱堂は拱手《きょうしゅ》して深々と頭を下げた。このあたりは皇帝直属の侍臣《じしん》と、直接意向を聞くこともない一介《いっかい》の医官のちがいだろう。そうなるとなぜこの二人が一緒にいるのかが分からないのだが。

「かまわぬ、二人とも入れ」

碧翔の許可を得て、汪礼に連れられるようにして唱堂も中に入ってきた。

「戈中士《かちゅうし》と申します」

平然としている汪礼の横で、唱堂はもう一度拱手した。唱堂の姓は〝戈〟だったから、中士というのは官名なのだろう。

「唱堂さん、どうしたの？」

「頼まれていた物を持ってきたそうだ」

珠里の問いに答えたのは、唱堂ではなく汪礼だった。

「え、もうですか？」

珠里は驚きの声をあげる。唱堂は左手に持ち手のついた木箱をぶら下げていた。底の浅い箱には、同じ大きさの無頸壺《むけいつぼ》が複数並んでいる。薬壺《やくこ》かと見当をつけていたら、あんのじょう唱堂は木箱を手渡しながら言った。

「薬方部の者達は慣れているから、きっと仕事も早いのだろう」

「だとしても、さすが医官局ですね。全部がこんなに早く揃えられるなんて」

珠里は木箱を卓子《たくし》に置くと、薬壺の蓋《ふた》をひとつひとつ開けて中を確認しはじめた。しかし最後の壺の蓋を開けたところで眉間《みけん》にしわを刻んだ。急いで中身をひとつまみ取り出し、掌《てのひら》に載せてみる。

（これは……）

くすんだ土色の生薬片《しょうやくへん》は、一見それらしく見える。だが鼻を近づけてみて、はっきりと確信する。

「どうした？」

唱堂の問いに、珠里は顔をあげる。

「その、頼んでいたものとちがうようです」

「え？」

疑わしげな面持《おもも》ちの唱堂の手に、珠里は自分が匂《にお》いを嗅《か》いだばかりの欠片《かけら》を載せる。ちらりと視線を落とした唱堂は、たちまち表情を硬くする。

「これは……」

「というか、お前はなにを頼んでいたんだ？」

これまで黙っていた碧翔が、痺《しび》れを切らしたように問いかけた。

「あ、生薬です」

「生薬？」

「皇太后《こうたいごう》様のための薬をこれから調合します」

「だが、頼んだ品がまちがっていた？」

確認するように問うたのは汪礼だった。

「そうです」

珠里はうなずいた。生薬はそのまま薬として用いる場合もあるが、一定の割合で組み合わせることで、方剤《ほうざい》と呼ばれる多面的な効果を持つ薬を作ることができる。

珠里と汪礼のやりとりを聞いた碧翔は、短い思案のあと汪礼に命じた。

「太《た》医《い》長を呼べ」

「承知いたしました」

短く答えて一礼すると、汪礼は部屋を出ていった。

「太医長？」

「医官局の長官だ」

唱堂の説明に珠里は目を円くする。はからずも大事になりそうな気配になってきた。もちろんどういった経緯でこんな事態になったのかは知りたいが、ひょっとして碧翔がいるこの場で明るみに出してしまったのは、まずかったのではないだろうか？

「そんな、そこまで………」

「そこまでではない。薬のまちがいは、ともすれば人命にかかわる」

碧翔にぴしゃりと言われ、珠里は押し黙る。

正論である。あるいは皇太后への毒の疑惑が、なおさら碧翔を過敏にしているのかもしれない。薬はときとして毒にもなりうるものだ。

（でも、ちがう——）

珠里は確信していた。このまちがいはそんな類《たぐい》のものではない。あきらかに故意、しかもこんな手段に引っかかると思われていたのなら、そうとうに見くびられていることになる。

ちらりと見ると、唱堂はひたすら気難しい表情で掌の生薬片を見下ろしている。

そうこうしているうちに、汪礼が太医長とともに戻ってきた。紫の袍《ほう》に白髪交じりの美《び》髭《ぜん》をたくわえた男性は、医官局で会ったあの人物だった。

（この人が太医長だったんだ……）

年齢は亡くなった父と同じくらいのようだ。地位も技術も、おそらくこの国で最高の水準にある医師だ。きっと驚くほどの知識を持っているのだろう。

太医長は出入り口のところで拱手したあと、物怖《ものお》じしない口調で告げる。

「陛下。このたびは不手際《ふてぎわ》があったようで大変申し訳ございませぬ。指定の生薬のほうをお持ちいたしました」

太医長が懐《ふところ》から取り出したものは、珠里の手元にあるものと同じ薬壺だった。碧翔はにこりともしなかったが、かといって声を荒らげることもなく告げた。

「話は聞いているようだな。こうなった経緯を調べ、二度とこのようなことが起きぬよう、医官局内でよく検討《けんとう》するようにせよ」

次いで碧翔は、珠里に目をむける。

「今度はまちがっていないか、この場で確認せよ」

「そのことでございますが――」

おもむろに太医長が切り出した。薬壺を受けとるために歩み寄ろうとしていた珠里は足を止める。太医長は疑うような目差《まなざ》しを珠里にむけている。

「娘。そなた、自分がなんの生薬を頼んだのかを存じておるのか？」

「……」

なるほど、そういうことか。珠里は即座に太医長の意図を理解した。

「知っています。附子《ぶし》、すなわち烏兜《とりかぶと》です」

はっきりと答えた珠里に、汪礼が冷やかすように唇を鳴らす。

烏兜という猛毒を含む植物名に、碧翔も目を見開く。あわてて珠里は弁明する。

「ちがいます。確かに烏兜には毒がありますが、効能の高い生薬でもあるのです。それに生薬として加工されたものはすべて減毒処理をしてあります」

「その娘の言う通りです」

一度同意したあと、太医長は言う。

「ですが毒の成分がまったくなくなったわけではない。それゆえ熟練の医師でなければ扱いきれないものとされております」

「知っています」

今度は珠里が太医長の言葉を肯定した。だがその瞳は、挑むような強い光を放っていた。太医長にとって予想外の反応だったようで、彼の表情にはいっそう疑念の色が浮かぶ。

しばしの間、二人はたがいを威嚇《いかく》するように見つめあう。やがて太医長は苦々しげに息をつき、視線を碧翔のほうに動かした。

「陛下。宗室《そうしつ》の方々の健康を守る立場として、医師でもない者が附子のような危険な生薬を皇太后様に処方することは賛同いたしかねます」

予想通りの展開に、ここぞとばかりに珠里は叫んだ。

「でしたら太医長。私の調合をあなたが横で確認してください」

とつぜんの申し出に太医長は目を円くしたが、かまわず珠里はつづける。

「お願いします。私は医師であった父の教えを受け、多少の医術の知識を持っております。ですがその父も亡くなり、いま教えを乞《こ》う師はおりません。まして医師の学校に通うこともできず、免許を持たない私の技量には根拠がない。ですからいくら本で学んでも、私は自分の知識が正しいかどうかを確認することができないのです」

医術は人の生命がかかわる学術だ。けして独りよがりとなってはいけない。

父を亡くした自分の医術が、独りよがりになる危険性を珠里はずっと恐れていた。人の生命がかかっている。情熱だけで突き進むなどしてはならない。医術にかかわる者は常に第三者に正否を問い、外から過ちを正す手段を持たなければならない。

しかしその手段を、いまの珠里は持たなかった。だからどれほど乞われても、父が亡くなってからは診療に携《たずさ》わらなかったのだ。

珠里のあまりの剣幕に、太医長は気圧《けお》されたように立ち尽くす。

なんとか太医長の承諾《しょうだく》を得ようと、珠里はその場にひれ伏した。

「お願いします。皇太后様をお助けしたいという気持ちは、私も太医長も同じことだと思います。ですから、どうぞ私の技量に根拠を与えてください」

自分の技量に自信を取り戻したい。そのために自分の技量に根拠が欲しい。そのうえで、ようやく与えられたこの仕事に取り組みたい。

必死のあまり、珠里は額を床に擦りつけるようにして懇願《こんがん》を繰り返した。

「太医長、言う通りにせよ」

頭上から聞こえた声に、珠里は顔をあげる。

見ると碧翔が、半ば呆《あき》れたように珠里を見下ろしていた。彼はきょとんとする珠里と目をあわせると、どこか捨て鉢《ばち》に言い捨てた。

「私にさえひれ伏さなかったこの娘が、ここまでして頼んでいるのだからな」


皇帝宮の調剤室は、一通りの生薬の他に天秤《てんびん》や薬研《やげん》等の調剤用具がすべて揃っていた。それらの道具と医官局から届けられた生薬を使い、珠里は自分が記した処方箋《しょほうせん》通りに慎重に調合を行った。目盛を見誤らぬために複数の灯籠《とうろう》が下がった部屋は、昼間のような明るさを維持している。

広い卓子を使って作業をしながら、珠里は自分の処方の根拠を頭の中で唱える。

（君薬《くんやく》は当帰《とうき》、血のめぐりを調和させる。芍薬《しゃくやく》は身体《からだ》の緊張をほぐし、肩こりや月経痛には効果があるはず。そして左薬《さやく》は……）

最後のひと匙《さじ》をあわせたあと、珠里はむかい側に座る太医長を見た。しかし太医長は気難しい表情のまま、しばらくなにも言わない。緊迫した空気の中、彼の後ろに立つ唱堂が見兼ねたように呼びかけた。

「太医長？」

「附子はなんのために加えた？」

にこりともせずに問われ緊張したが、それでもはっきりと珠里は答えた。

「冷えをより改善するためです」

「当帰が入っていれば十分ではないか？　われわれも皇太后様の症状は文面でお聞きしたが、冷えるとは書いていなかったぞ」

「はい。私にもおっしゃいませんでした。ですが皇太后様はこの時季だというのに、ひざ掛けを使っておられました。診察のおり触れた指先も氷のように冷たく、そうとう冷えがあるものとお見受けいたしました。訴えられなかったのは、おそらくあまりにも慢性的になりすぎて自覚がないのか、他の症状が辛《つら》すぎて無関心になっておられるのではないかと思います」

その答えに太医長は一度目を伏せ、思案するように時間を置く。やがてゆっくりと視線を戻して告げた。

「——薬の調合は正しい」

ようやく聞くことができた是《ぜ》という言葉に、珠里は胸をなでおろした。するとそれを見越したように太医長が釘を刺す。

「だが、そもそもの弁証がまちがっていればどうにもならぬぞ」

「そこはわれわれが診察できないかぎり、彼女に任せるしかありません」

珠里が答える前に、唱堂が口を挟んだ。弁証とは診察で得た情報をもとに、患者の病態がどのような状態にあるのかを判定することである。治療の方針はこの結果によって立てられるので、ここでの判断がまちがっていたのなら、とうぜん薬はなんの効果も示さなくなる。

「垂簾《すいれん》越しや書面上の問診だけでは、やはり正確な弁証は無理があります。実際それで処方した方剤《ほうざい》は、皇太后様の症状を改善させるには至りませんでした」

唱堂の言葉に太医長は面白くもなさそうにうなずいたあと、ふたたび珠里に視線をむける。

「では、それで七日ほどようすを見てみよ。改善があれば、その処方であとはわれわれが方剤を調合しよう。しかしもし改善がなければ、そなたがもう一度来て弁証を試みる必要がある」

「は、はい」

「話は終わりだ。皇太后様にその方剤をお渡ししてまいれ」

「ま、待ってください」

言いながら立ち上がった太医長を、珠里は呼び止めた。太医長は卓子《たくし》の端に立ったまま、怪訝《けげん》そうに珠里を見る。

「あの、医官局の本を読ませてもらえませんか!?」

「なに？」

「明日帰るときにちょっと立ち寄らせてください。もし弁証がまちがっていたら、そのときのためにも色々調べておきたいのです。お願いします！」

天板に手をついて、身を乗り出すようにして珠里は叫ぶ。それこそかみつかんばかりの勢いに、太医長は気圧されてとっさに物が言えないでいるようだった。

「い、いや……しかし……」

「太医長」

しばらく黙っていた唱堂が口を開く。助かった、とばかりに太医長は視線を動かす。

唱堂は懐《ふところ》に手をやり、小さな薬壺《やくこ》を取り出した。

「なんだ、それは？」

「范珠里に誤って届けられたほうの生薬《しょうやく》です」

珠里ははっとして口許《くちもと》を押さえる。けっこう衝撃的な事態であったにもかかわらず、太医長とのやりとりに気を取られて失念していた。

「これがあきらかにされれば、陛下のお怒りはあんなものでは済みません」

そう言って唱堂は、薬壺の中身を太医長の掌《てのひら》に載せた。怪訝な面持《おもも》ちを浮かべていた太医長の顔が瞬く間に強張《こわば》った。

「これは……」

「そうです、ただの木屑《きくず》です。素人《しろうと》には分からなくとも、生薬を扱う者ならすぐに分かる程度の低い嫌がらせです」

別の生薬が入っていたのなら、うっかりしたということも考えられる。しかし木屑など意識して持ちこまなければ調剤室にあるはずがない。

つまりまちがいではなく、故意だったということだ。

「こんなことが陛下に知られたら、当事者のみならず医官局全体の規律が問われるでしょう」

淡々と唱堂は述べたが、碧翔が単純なまちがいとして太医長を呼び寄せたことを考えれば、こんな嫌がらせが耳に入ればきっと断罪するにちがいない。

（私が気づかないと思ったのか、それとも陛下が目にされるなど夢にも思わなかったのか、どっちなんだろう?)

いずれにしろ浅はかすぎる。唱堂が言った通り、生薬を扱う者なら気づかないはずがないではないか。ということはよほど見くびられていたのか？　あるいはあわてふためかせてやろうとでも考えたのか。

怒りを通り越して呆れ半分に考える珠里の前で、太医長は顔を真っ赤にして叫んだ。

「馬鹿者達が！　自分達の仕事をなんだと思っておるのだ！」

もっともな言い分だ。珠里が彼の立場でも、同じ反応をするだろう。

「彼女はこのことを、陛下に黙っていてくれましたよ」

「!?」

珠里は目を円くして唱堂を見る。

太医長はぐっと言葉をつまらせたあと、苦々しげに言う。

「……………許可しよう」

珠里は目を輝かせた。

「戈中士。明日はそなたが案内してやれ」

ものすごく不本意というように太医長は言ったが、喜びのあまり珠里はまったく気づかなかった。

「ありがとうございます。唱堂さん、明日はよろしくね」

「分かった。明日の朝、この調剤室まで迎えに来よう」

はしゃぐ珠里と苦笑して答える唱堂を渋い表情で見つめたあと、ふと思いだしたように太医長はつぶやいた。

「范……珠里？」

「はい、なんでしょう？」

浮かれたまま答える珠里に、太医長は表情をあらためて問うた。

「そなた亡くなった父親に、医術を習ったと申しておったな」

「はい」

「父親の名はなんと言う」

唐突《とうとつ》な問いに珠里はきょとんとしたまま答える。

「范利康《りこう》と申しますが……」

太医長の表情があきらかに変わった。

「父をご存じですか？」

「太学《たいがく》のときの同級生だ」

太医長の答えに珠里は驚く。太学とは官立の学校のことで、医学の他に律学《りつがく》や武学の学校がある。地方の学校や私学に比べてとうぜん難易度は高く、そのぶん卒業生には、将来の官吏《かんり》への道が約束されている。

実は珠里は父の出身校を知らなかった。父自身があまり話さなかったというのもあるが、珠里も入学が叶わない医学校に対して屈託なく興味を持つことができず、とやかく訊くことをしなかったのだ。しかも父は浮世離れした自由人で、官僚という固い雰囲気《ふんいき》とはかけ離れた人だった。

「え、太学って……あの、父様ですよ」

「どう〝あの〟なのかは知らぬが、成績は抜群《ばつぐん》によかった。それ以上に変わり者で有名だったが……なるほど、あの利康の娘か。あの変わり者の范利康の………」

やけに納得して何度もうなずく太医長に、なんとも微妙な気持ちになった。しかも唱堂までも同じような反応を示している。

（なんでだろう、すごくいらっとする）

妙な空気のまま、それでも明日の約束を取り付けてから二人と別れた。

彼等を見送ってから、珠里は宮女に案内を頼んですぐに皇太后宮《こうたいごう》にむかった。今晩からでも薬を服してほしかったことと、就寝前に試したいことがあったのだ。

夜更けの訪室にもかかわらず、皇太后は快《こころよ》く自分の寝室に迎え入れてくれた。

紫檀《したん》の天蓋《てんがい》付きの寝台の周りには、小さな椅子《いす》と卓子。同じように小さな飾り棚《だな》には、竹を模した盆景《ぼんけい》と精緻《せいち》な銀細工の装飾用の鳥籠《とりかご》が飾ってあった。

珠里は側付きの宮女に方剤を渡し、皇太后と彼女の双方に聞かせるように説明した。

「一包分を煎《せん》じて、起床時と午後、そして就寝前のいずれも空腹時に服用してください。一日分であれば、まとめて煎じて分けて服してもかまいません。ただしかならず温かいものを服用するようにしてください。まれに胃の不快感や吐き気等が出ることがありますが、瞑眩《めんげん》といって治る段階で起こりうる反応ですから、三日ほどようすをみてください。もしあまりに症状がひどいか三日以上つづくようでしたら、また参りますので使いを出してください」

珠里の説明を、皇太后と宮女はひとつひとつうなずきながら聞いていた。特に宮女は皇太后以上に熱心で、彼女の主人に対する深い忠誠がうかがえた。

「それとお休み前に、鍼《はり》をうってみましょうか?」

「鍼? そなたできるのですか?」

「私、得意なんです。鍼は肌を出さなければならないので、女の人は全員私が担当していましたから」

そう言って珠里は、肩から提げた鞄《かばん》を両手で持ち上げて見せた。中に入っているものは、愛用の鍼灸《しんきゅう》の道具だ。場合によっては灸に変更したりもする。

自信満々に語る珠里に、皇太后はぷっと噴き出す。珠里は少し頰《ほお》を赤らめた。調子に乗って子供のようにふるまってしまったことを自覚したからだ。

しかし皇太后は呆《あき》れるどころか、微笑《ほほえ》ましいというように表情を和《やわ》らげる。

「まあ、それなら是非《ぜひ》一度試してみましょうね」

穏やかで優しい笑顔に珠里は心を打たれる。体調が芳《かんば》しくないはずなのに、珠里にも宮女達にも穏やかに接してくれている。

（本当に非の打ちどころのない、立派な女性だわ……）

正直この皇太后のもとで、なぜ碧翔と莉香のような尊大な子供が育ったのか疑問に思う。百歩譲《ゆず》って碧翔は皇帝という立場上分かるが、莉香のほうは長公主という立場でのあのふるまいはどう考えても信じがたいものだ。加えて母親に対する言動もひどすぎる。きっと皇太后にとっても、莉香は大きな心因となっているのだろう。

（私にできることを、してさしあげたい）

あらためて珠里は思う。そして自分にできることは、よりよい医術を施《ほどこ》すことだ。

宮女と協力して寝所を整えると、珠里は皇太后の身体《からだ》の経穴《けいけつ》を慎重に探った。どの病人に対してもいつも思っていたが、今日は特に心からよくなってほしいと願って施術にあたったのだった。


施術を終えて部屋に戻ってくると、椅子に碧翔が座っていた。

扉に手を掛けたまま硬直する珠里に、碧翔は苦々しげに舌を鳴らす。珠里にはまったく自覚がなかったのだが、あからさまに顔を引きつらせていたからだ。

「ずいぶんと遅かったな。待ちくたびれたぞ」

「い、色々忙しかったんです！」

油を売っていたわけではなく仕事をしていたので、緊張しながらもはっきりと反論する。だが勢いあまって喧嘩腰《けんかごし》の口調になっていたことには気づかなかった。

碧翔は鼻白んだようになり、そのままぷいっとそっぽを向く。

珠里はやきもきしながら碧翔の言葉を待った。

まったく用事があるのなら、さっさと済ませて帰ってほしい。明日は早起きして、医官局でできるだけ長い時間を過ごすつもりでいるのだから。などと皇帝に対してけして口にできない不遜《ふそん》なことを考えていると、碧翔はくいっと顎《あご》をしゃくってむかいの席を示した。

「とりあえず座れ。そんなところにいては落ちついて話もできぬ」

「い、いえ。ここでけっこうです」

滅相《めっそう》もないとばかりに珠里は首を横に振った。あんな小さな卓ひとつだけを挟んで、皇帝とむきあって座れるものか。息をすることさえ気を遣ってしまいそうではないか。しかもなぜだか分からないのだが、どうも自分は彼を怒らせてばかりいるようなので、いつ勘《かん》気《き》に触れて首をはねられるかしれたものではない。

「私がよいと言っている。いつまでもそこでもたもたしているのなら、兵にかつがせて連れてこさせるぞ」

「は、はい、分かりました！」

びくんと飛び上がり、急いでむかいの席に座る。見ると卓子《たくし》の上には空《から》になった茶碗《ちゃわん》が転がっていて、苛立《いらだ》った痕跡がうかがえた。どれくらい待ったのかは知らないが、戻ったら来るように伝言でもして自分の部屋で待てばよいのに、本当に落ちつきのない人だ。

心の中にもやもやを抱きつつ、珠里は碧翔の言葉を待ったが、彼はむすっとした表情で茶碗を眺めているばかりで、なかなか口を開こうとしない。相手が相手だけにこちらから切り出すことも急《せ》かすようでできず、珠里はひたすら碧翔がなにか言いだすのを待ちつづけた。

(それにしても……)

これだけ反発を抱きながらも、真向かいに座る碧翔の容姿には感心する。

こうやってあらためて見ると、やはりものすごい美青年だ。その中に自分も含めて、これまで珠里が見てきた人達とはちがう生き物にさえ見える。

(でも、皇太后様には似ていないのよね)

莉香がそっくりだから、なおさらそう感じてしまうのだろう。碧翔が父親似だとしたら、先代の皇帝がそうとうの美男子だったということになるが、そんな噂《うわさ》は聞いたことがない。

碧翔の前では絶対に言えないが、先帝は容姿も能力も平凡で、政《まつりごと》は高官達に任せっきりの無能者だったとの評判だった。

「お前は、母上の病因はなんだと思う？」

ようやく口を開いた碧翔に珠里は驚く。質問の内容ではなく、そう尋ねたときの碧翔の表情が、傍目《はため》にも分かるほど不安をにじませていたからだ。もちろん碧翔が母親思いであることは知っていたが、ここまで気を病んでいるとは考えていなかった。

珠里は気持ちをあらため、落ちついた口調で話しはじめる。

「先程も申し上げましたが、年齢からくる部分が大きいと思います。皇太后様は四十二歳とお聞きしましたが、そのくらいの年齢になりますと女子胞《じょしほう》という出産にかかわる腑《ふ》の機能の衰えがはじまります。そうなりますと血の流れが滞《とどこお》り、かつ不足してまいりますので、皇太后様ほどひどくはなくとも、似たような症状で苦しまれる婦人は少なくありません。もちろんその症状を緩和《かんわ》するための手段は色々ございますから、私にできることはすべてやってみるつもりです」

珠里の説明を碧翔は黙って聞いていたが、やがて話が終わるとおもむろに尋ねた。

「ではもう一度訊くが、毒を盛られたわけではないのだな」

「私の診立《みた》てでは、そのようなことではないと思います。病因については同じように皇太后様にもご説明させていただきましたので、おそらく納得いただけたのではと思います」

碧翔は異を唱えなかった。もともと彼自身も動機がないという理由から、真偽そのものに疑問を持っていたので、あっさりと受け入れられたのかもしれない。

そこで珠里は、あらためて付け加える。

「これはあらゆる病に言えることですが、健康な状態であれば簡単に跳ね返せることに、弱っているときは簡単に打ち負かされてしまいます。それがますます病を悪化させます。周りの人間はそれを理解し、できるだけ病人の負担にならない、できることなら心から安らげる環境を作って差し上げることが肝要《かんよう》です」

珠里の説明を、今度は神妙な面持《おもも》ちで碧翔は聞いていた。そして話を聞き終えたあと、深いため息をついた。

「姉上が戻ってくれれば、きっと母上も喜んでくださると思ったのだが……」

昼間に会った莉香の言動を思いだし、珠里はなんとも答えようがなくなる。具合の悪い母親にとって、成人した実の娘はもっとも頼りにしたい存在だろうに、あれではかえって心痛の種にしかならない。そう考えたあと、ふと珠里は引っかかった。

「戻ってきたって、長公主様は以前は別の場所でお過ごしだったのですか？」

碧翔の発言は、まるで以前は別に暮らしていたかのような言いようだった。

不思議な顔をする珠里に、碧翔は沈んだ表情のままうなずいた。

「姉上は私が生まれてまもなく、里子に出されて西洲《せいしゅう》で過ごされた。あの服装は、西洲が異民族の出入りが多い都市だから、きっとその影響だろう」

「里子って、なぜ――」

尋ねかけて、珠里は口をつぐんだ。碧翔から、あきらかにそれまでとはちがう拒絶の気配がただよっていたからだ。それはこれまでの碧翔のように、怒りで相手を寄せ付けないという類《たぐい》のものではなかった。

治りきらない怪我《けが》や火傷《やけど》に近い。迂闊《うかつ》に触れたことで痛みを思いださせてしまった、そんな後悔《こうかい》を珠里は覚えた。しかしそうであれば、皇太后と莉香のぎすぎすした関係も納得がいく。姉弟の間にある母親に対する温度差もしかたがないと思える。

珠里がそれ以上踏み込んでこなかったからなのか、碧翔は姉の話などなかったことのように話をつづける。

「母上は私のために、あらゆるものを犠牲《ぎせい》にしてこられた。そのおかげで、私は無事に即位を果たした。だからこれからは、ご自分の楽しみのために生きていただきたいと思っていた」

憂《うれ》いを帯びた表情から、碧翔の切なる思いが伝わって珠里の胸は痛んだ。

(陛下って………)

尊大で短気で強引で、怖い人だと思っていた。いや、多分そうなのだろう。だけどそれだけではないのだろうと思い直した。

(生薬《しょうやく》のまちがいだって、当人を処分するんじゃなくて、組織としてきちんとするよう

に注意していたものね）

　とはいえあれは失敗ではなく悪質な嫌がらせだったので、当事者はなんらかの罰則を受けるべきだったのかもしれないが。色々と考えているところに、ふと視線を感じて意識をむける。むかいの席で碧翔が、意味ありげな目差《まなざ》しでこちらを見つめていた。

「……陛下？」

「頼む」

　心の奥からもれたような言葉に、珠里は胸をつかれる。同時に強い使命感が込みあげ、その情熱のまま珠里は答えた。

「精一杯やります！」

　碧翔の顔がはじめて和《やわ》らいだ。その反応に珠里も嬉しくなる。これまで怖いという印象しかなかった青年に、はじめて親しみを覚えた。

「実は太医長のご厚意で、明日、帰りがけに医官局のほうで書物を見せてもらえることになったのです。ですから皇太后様になにかいい治療方法がないか調べて、医官の方にお話ししておきますね」

　嬉しそうに珠里が語ると、それまで穏やかだった碧翔の表情が急に怪訝《けげん》そうなものに変わる。その反応に、珠里は驚いて笑顔を引っこめた。

（え、なに？　また、なにかまずいことを言った？）

自分では思い当たらないが、しかしここに至るまで何度か碧翔を怒らせている。出会って半日くらいしか経っていないのにこれだから、きっとよほど相性が悪いのだろう。

「あ、あの……」

「誰が帰ってよいと言った」

「え？」

目を円くする珠里に、碧翔は瞬く間にもとの尊大さを取り戻した。

「母上の症状が改善するまで、そなたは宮城《きゅうじょう》に滞在して治療に専念せよ」

「はあ……え、え──っ!!」

思わず碧翔が耳をふさぐほどの声で、珠里は絶叫した。ばたばたと足音がして、開けたままにしていた扉の向こうに汪礼と宮女達が姿を見せた。

「陛下、どうなさいましたか？」

あまり心配もしていないように汪礼が尋ねた。叫んだのが碧翔だったら、もう少し緊張していたのかもしれないが、珠里だったから〝またか〟ぐらいに思っているのかもしれない。

「なんでもない。この娘がまた珍妙なことを言いだしただけだ」

「珍妙なことを仰《おお》せになっておられるのは、陛下のほうではないですか！」

すかさず言い返した珠里に、碧翔は眉《まゆ》を吊り上げる。

「なにが珍妙だ。お前はどこまで私を愚弄《ぐろう》すれば気が済むのだ」

「す、すみません！　だけど私も家に帰してもらえないと困るのです」

「なにが困る？」

「鶏《にわとり》と薬草畑の世話が——」

「なに、お前は皇帝の命令より、鶏と畑のほうが大切と申すか！」

勢いであたり前だと言いかけたが、すんでのところで理性が働いた。危なかった。さすがにこの言葉を口にしたら、打ち首はまぬがれなかったかもしれない。

なにかもっともらしい理由はないかと、懸命に考えをめぐらせる。

「そ、そうだ。あと、生薬の納期があるのです」

「遣いを寄越して、医官局から同じものを納入させればよい」

「それと、痫《しょう》で井戸掘りがあるのです。私、炊《た》き出し当番なのです。それに隣の奥さんは、買い出しに行くときにはよく赤ちゃんの子守を頼むのです」

皇帝の命を断る理由として、いかがなものかと思えることばかりを次から次へと口走る珠里に、最初は怒気をみなぎらせていた碧翔の目が次第に半眼《はんがん》になってゆく。そんな二人のやりとりを宮女はおどおどとして、汪礼はちょっと面白そうに眺めていた。

「——分かった」

碧翔は言った。地の底を這《は》うような低い声に、ごちゃごちゃとくだらない言い訳をつづけていた珠里はぎょっとして口をつぐむ。

「……陛下？」

「そのあたりの始末は廂長に申し付けておく。これでよかろう」

ぴしゃりと言うと、問答無用とばかりに碧翔は立ち上がる。そして扉の向こうにいる汪礼に目配せをすると、彼の横をすり抜けるようにして部屋を出ていった。

しばし呆然《ぼうぜん》としたあと、われに返って珠里は彼のあとを追った。

「ちょ、陛下！」

しかし部屋を出ようとした寸前で、汪礼が扉の前に立ちふさがった。

「汪礼さん!?」

「諦めようよ」

お気楽な物言いに絶句する珠里の前で、扉がばたんと音をたてて閉ざされた。

一人取り残され、珠里は言葉もなくその場に立ち尽くす。扉が閉じたはずみで左右に揺れていた灯籠《とうろう》がゆっくりと動きを止める。

「そんな――っ！」

完璧《かんぺき》な静寂が訪れた部屋で、珠里の絶叫が虚《むな》しく響いた。

# 第三章

それから三日後。珠里《しゅり》は医官局の書庫にいた。

他の房とは独立した石造りの建物は、貴重な書物を火災から守るための策なのだという。

書庫内はたとえ明かりであろうと火気は厳禁で、そのためなのかやたらと大きく取った天窓からは十分な光がそそぎこんでいた。学術内容ごとに並べた多数の棚《たな》はすべて煉瓦《れんが》造りで、いま珠里が使っている閲覧《えつらん》用の大きな卓子《たくし》と椅子《いす》も、木製ではなく金属だった。

「ここって、雨の日や夜に利用するときはどうするのですか?」

珠里の問いに、むかいの席で書物を広げていた唱堂《しょうどう》が顔をあげた。彼は珠里が書庫を利用するときの案内役だった。

「持ち出しの手続きをして、基本的には閲覧室で読む決まりになっている」

「え、じゃあ、いまここで読んでいてもいいのですか?」

「どちらで読んでも別にかまわない。ただ明かりがないから、夕方以降は閲覧室で読む結果になるだけだ。それに冬場は火の気がないから、長く留まってはいられない」

なるほどと珠里が相槌《あいづち》を打っていると、おもむろに唱堂が問う。

「ところで皇太后《こうたいごう》様の具合はどうだ？」

「あ……まだ、三日目ですから」

そう前置きをしてから、珠里は答えた。

「舌と脈の具合はまだそこまで変化はありません。ですがお休み前に鍼《はり》をうつと眠りが深くなって、朝が楽になったとおっしゃってくださいました」

「それはよかった」

唱堂は表情を和《やわ》らげた。

「方剤《ほうざい》のほうはまだようすを見てもいいだろう。三日目ということは、まだ二日分しか服用していないのだからな」

珠里がうなずくと、唱堂は懐《ふところ》から小さな瓶《びん》を取りだして卓子の上に置いた。細い口はしっかりと栓《せん》がしてあり、生薬《しょうやく》を入れる薬壺《やくこ》とはちがっているようだった。飲み物を入れる容器にも見えるが、それにしては小さすぎる気がする。

「そなたに渡そうと思って持ってきた」

「これは？」

「花から抽出した精油だ。西域の国ではよく使われる、安眠を促す効果があるものだ。皇太后様に使ってみてくれ」

「西域？」

　言葉を反復してから、珠里は気づく。目の前の青年の、淡い色の髪と瞳に彫りの深い顔。加えて筋骨たくましい凛々《りり》しい身体付《からだつ》きは、珠里の周りの人間とはあきらかにちがっている。

「唱堂さん、外国の人なんですか？」

　珠里の問いに唱堂はうなずいた。

「といっても祖父の代に西洲《せいしゅう》に永住しているから、私はこの国で生まれ育った。しかし先祖は西域の国で行商をしていたと聞いている」

「それで、この精油を？」

「ああ。少量でも十分香りが強いので、枕にほんの一、二滴垂らすといい」

「分かりました、試してみます」

　そのとき先の棚のむこうでかさりと物音がした。閲覧用の大きな卓子は書庫の中央にあり、前と後ろには書架がずらりと並んでいた。

　物音に反応して顔をあげた珠里は、奥から出てきた者達に表情を硬くした。医官局の院子《わ》で嫌みを言ってきた、あの医官達だ。袍《ほう》の色が緑から赤に変わっていたがまちがいない。

　いっぽう彼等も珠里の存在に気づき、あからさまに驚いた表情をする。

　珠里の反応に、唱堂が少し遅れて後ろを振り返る。しかし男達は一言も発することなく、逃げるように立ち去ってしまった。てっきりまたなにか言われるものと思っていた珠里は拍子抜けしたようにつぶやく。

「なに、あれ?」

「彼等だ。薬壺に木屑《きくず》を入れたのは」

目を円くする珠里の前で、唱堂は反転させていた身体を戻した。彫りの深い男らしい整った顔に呆れ半分、困惑半分といった表情が浮かんでいる。

「こんな方達発言への報復ですか?」

「まあ、火に油を注いだのは確かだな」

即答のあと、唱堂は一度間を置いた。

「五十人いる医官を差し置いて、皇太后様の治療者として医者ではないそなたに白羽の矢が立ったのだからな。いくら勅《ちょく》とはいえ最初から反発があったことは確かだ」

「それ、私のせいじゃありませんよ」

頰《ほお》を膨《ふく》らませた珠里に、唱堂は苦笑いをしつつなだめる。

「分かっている。太《たい》医長からたっぷりしぼられたうえに降格させられたから、それで勘弁してやってくれ。それに彼等は、この件をそなたが陛下に伝えやしないかびくびくしている」

なるほど。では袍の色が変わっていたのはそのためなのかと、珠里は納得した。

「告げ口なんてしませんよ。するんだったら、あのときにしています。それにいまさら言ったってあの陛下が相手では、なぜ隠し立てしようとしたのかとかで、きっとこっちまで怒られます」

横暴なところはあるが、碧翔《へきしょう》は話の分からない相手ではなかった。ただ厳格だ。しかも大変に母親思いだ。その母親の治療にかんすることで、医官がこんな嫌がらせをしたなど知ればまちがいなく厳罰に処する。そしてそれを隠そうとしたのなら、たとえ被害者であろうとこっちまで叱責《しっせき》されかねない。

「確かにな」

唱堂はぷっと噴き出し、その笑いを残したまま楽しげに言った。

「まあ、彼等もこれでそなたにはなにも言えないだろう。大手を振って歩いて――」

言い終わらないうちに唱堂の笑い声が途絶えた。彼の淡い色の瞳は珠里の背のむこうにむけられている。

「？」

今度は珠里が身体を捻《ひね》り、そこに立っていた人物に仰天《ぎょうてん》する。

棚と棚の間の通路に、銀色がかった白い胡服《こふく》を着た莉香《りか》が立っていた。

豪奢《ごうしゃ》な装飾具で着飾った姿から若い女性らしい華やぎを匂《にお》わせていたが、あくまでも異民族の装束《しょうぞく》で宮城《きゅうじょう》の中で浮いていることは否《いな》めない。そもそも後宮の女人は、一般に外に出られないとされているのではなかったのか？

（あ、でもあれは妃嬪《ひひん》や宮女の場合か……）

公主という立場の彼女は、皇帝の〝女〟ではない。娘であり姉だ。そのあたりは自由が利《き》く立場なのか、あるいは莉香の行動が特別なのか。

（そもそも只《ただ》の良家の婦人でも、あまり外には出ないものよね）

その点で莉香は究極の良家の子女のはずだが。などと考えていた珠里だったが、猛禽《もうきん》のように険しい莉香の瞳に気づいてびくりとする。しかしその目差《まなざ》しは珠里を通り越して、先の唱堂にむけられていた。

（え？）

姿勢を元に戻してみると、唱堂は動揺《どうよう》したようすもなく莉香の鋭い視線を受け止めている。

「ご無沙汰《ぶさた》いたしております、長公主《ちょうこうしゅ》様」

落ちついた口調の挨拶《あいさつ》に珠里は驚く。ご無沙汰という挨拶は、面識がある相手に対するものだ。

（そういえば長公主様は西洲でお過ごしになられたって、陛下が……）

西洲は西域最大の、外国人や異民族の出入りも多い商業都市だ。つまりこの二人は同郷ということになる。それでも公主と異民族出身の青年に接点があるとは思えないのだが。

珠里は視線を左右に動かし、二人の顔を交互に見比べる。

慇懃《いんぎん》な唱堂の挨拶に、莉香の表情は目に見えて強張《こわば》っていた。珠里は彼女の怒りがなにに起因しているのか理解できずに戸惑う。

莉香はしばし唱堂をにらみつけたあと、その目差しを珠里にむける。びくりとする珠里に対して、莉香は馬鹿にしたように鼻を鳴らす。

「ずいぶんと仲がよいのね」

「あ、はい！」

緊張したまま珠里は答えた。

「唱堂さんがとても親切にしてくださるので、助かっています」

その言葉に莉香は鼻白んだような表情を浮かべた。だがすぐに元の刺々《とげとげ》しい空気を取り戻してにらみつけてくる。こうなるとさすがに珠里も黙っているわけにはいかず、おずおずとながら問いかけてみる。

「あの……なにか御用でしょうか？」

「お前に用事などあるはずがないでしょ。本を探しに来ただけよ」

けんもほろろに言われ、内心で珠里はむっとする。とはいえ相手の身分を考えれば、悔《くや》しいが我慢をするしかない。しかし普通の書庫ならともかく、医学書しかない医官局の書庫にいったいなんの本を借りに来たというのだろう。不思議に思ったが、下手《へた》に尋ねてまた勘気《かんき》に触れるのも嫌なので黙っていた。

「では、ご案内いたしましょうか？」

なかば立ち上がりながら唱堂が言ったが、ますます表情を険しくして莉香は返した。

「けっこうよ。せっかく和気藹々《わきあいあい》としているところを、邪魔しては申し訳ないわ」

いや、それならとっくに和気藹々の気分は害されている。そう内心で突っ込みつつ、珠里は唱堂の反応をうかがった。しかし彼は物も言わず、じっと莉香を見つめているだけだった。

そうした短い見つめあいのあと、莉香は癇癪《かんしゃく》を起こしたように叫んだ。

「だけど少しは周りの迷惑も考えなさいよ。お前達が浮かれた声を出しているから、さっき医官達が居づらくて出てきたと言っていたわよ」

「………」

珠里はすっかり閉口してしまった。医官達というのは、先刻逃げだした二人にちがいない。腹いせ紛《まぎ》れにしても、ろくでもないことを言ったものである。そもそもそんなことを、同僚ならともかくなぜ公主に愚痴《ぐち》る。

（もしかしたら、公主様のほうから尋ねたのかもしれないけど………）

むしろその可能性のほうが高い。一介《いっかい》の医官が自分から公主に話しかけられるとも思えなかった。しかもそんなくだらないことで。

「お母様も馬鹿よね。こんなどこの馬の骨とも分からない相手に診《み》てもらうなんて」

莉香の口から放たれたけっこうな暴言に、珠里は物思いから立ち返る。

あらためて莉香の顔を見ると、どう受け止めたのか彼女はここぞとばかりにまくしたてた。

「そうではなくて？　医官局には選《え》りすぐりの医官が五十人もいるのよ。それを婦道《ふどう》だかなんだか知らないけど、意味のない義理立てで診察を拒否するなんて、自分で自分の生命を縮めているようなものだわ」

言い方はともかく、その言葉には珠里も同意できる部分があった。

婦道を守ることが意味のないことだとは思わない。だがもっと優先すべきことがあるはずだ。その順序を誤った者達によって黄蓮《おうれん》は、乱暴な言葉だが殺されたようなものだ。

反論できない珠里に対して、莉香の舌鋒《ぜっぽう》は止まない。

「だいたい皇太后《こうたいごう》といえば、この国で一番地位の高い女性よ。その人がこんなことをして、それが正しい道とされて、他の女達もならってしまったらどうするのよ」

莉香の口から放たれた言葉は、珠里の胸にある種の衝撃を与えた。

確かにその言い分には一理ある。このまま皇太后が医者の診察を拒《こば》みつづければ、たとえ珠里の治療が効果を収めても、世間には誤った婦道の順序が認識されてしまう。勇気を持って診察を受けた女が恥知らずと罵《ののし》られかねない。そうなれば黄蓮のような悲劇が繰り返されてしまうだろう。

莉香の口から突きつけられた可能性に、珠里は愕然《がくぜん》とする。それを感じ取ったのか、莉香は勝ち誇った口調で言った。

「お前、帰りなさいよ」

「……………」

「陛下には私が言うわ。そうすればお母様も諦めて、医官の診察を受けるわよ」

一瞬そうなのかと思った。婦人達の未来のために、そうするべきなのかと思った。

だけど本当にそうなのだろうかと、すぐに思い直す。だって黄蓮の婚家は彼女があんな病状になっても、ついに医者を呼ぶことをしなかったではないか。

「そうなれば皇太后様は死をお選びになるかもしれません」

断言に莉香は表情を強張らせる。その反応が珠里の反撃によるものなのか、それとも母親の死という言葉に対してなのかは分からなかった。

「誤解のないように申し上げておきます。皇太后様の症状はけして死につながるようなものではございません。ですが心身のあまりにも辛《つら》い不調が長くつづきますと、人は自ら生命を断つことも珍しくはないのです」

珠里の説明を聞いた莉香は、気抜けしたように息をついた。

その反応に珠里は安堵《あんど》し、だからこそ自信を持って告げた。

「本心を申せば、私も長公主様のおっしゃることに賛成です。婦道を遵守《じゅんしゅ》することは確かに尊敬に値することでしょうが、いっぽうで生命をかけて婦道を守ろうとする、あるいはそれを強制されて生命を危うくした女人も多数存在しました。現に私はそのような悲劇を幾たびか目にしてまいりました。ですが世はそのような女人を烈女《れつじょ》と呼んで称賛してきたのです。それゆえ私は、その非を女人だけに求めることはできないと考えております」

黄蓮のような悲劇を二度と見たくない。歪んだ価値観はあらためられるべきだ。

だからといって、いま自分の目の前にいる皇太后を見捨てることなどできない。

強い意志を持って語った珠里に、莉香は気圧《けお》されたように立ち尽くす。二人の娘はたがいの視線を結びつけたようにしばし見つめあう。

彼女達の緊迫した空気を断ち切ったのは唱堂だった。

「莉香様」

咎《とが》めるともなだめるともつかぬ呼びかけに、莉香はびくりと肩を震わせる。彼女はきっと視線を唱堂にむけると、ぷいっと顔をそむけて立ち去っていった。

呆気《あっけ》に取られる珠里の前で、唱堂はひとつため息をつく。

珠里は急いで姿勢を戻してむき直る。唱堂は気まずさをごまかすように苦笑を浮かべた。

「すまなかったな、変な空気にして。私のせいだ」

「唱堂さん、長公主様と知り合いなのですか？」

「同郷だ。公主様の養家に私の父が主治医として出入りしていた。西洲で一番の大商家だった」

さらりと唱堂は答えた。大方予想通りの答えだった。にしてもなぜ昔馴染《なじ》みに、あのように棘《とげ》のあるふるまいをするのだろう。

(でも、私にも陛下にもあんな感じだったわよね)

ということは、単にそういう人柄なのか。唱堂は自分のせいだと言ったが、特に彼のせいというわけでもなく、きっと誰にでもそんな感じなのだろう。

それにしても身分が高い人が攻撃的だと対応に困る。細心の注意を払って逆鱗《げきりん》に触れないようにするしかないのだろうが、珠里はよりによって皇帝をさいさん怒らせているぐらいだからその自信がない。そうなると唯一取りうる手段は近づかないようにするだけである。

「ところで、どうして公主様は養家でお育ちになられたのですか?」

以前から気になっていたことを珠里は訊いたが、唱堂はすぐには反応しなかった。

彼はなにか思うように、遠くを見る目で莉香が行った先を眺めていた。

「唱堂さん?」

呼びかけに唱堂は物思いから立ち返った。彼は苦笑いを浮かべたが、どうやら珠里の問いは耳に入っていたようですぐに答えた。

「ああ……私が聞いた話では、皇太子、つまりいまの皇帝陛下のご養育に集中なさるためだそうだ」

「は？」

珠里は耳を疑った。

「なんでも公主様は幼い頃たいそう癇《かん》の強い子供で、大人の手をずいぶんと煩《わずら》わせておられたらしい。生まれたばかりの陛下がお休みを妨げられることもたびたびあったそうだ。それで当時は皇貴妃《こうきひ》であらせられた皇太后様は、陛下にきちんとした教育を施《ほどこ》すために公主様を里子に出されたと聞いている」

淡々と唱堂は説明するが、珠里はにわかに信じることができなかった。

確かに世は何事も男児のほうが優先される。経済的に余裕がなく、幼い女児を人身売買同様に嫁に出すことは珍しくないし、本当に奴隷《どれい》商人に売り飛ばしてしまう話もたまに聞く。

まさか宗室《そうしつ》でそんなことが起こるとは思ってもみなかった。

経済的な問題ではなく、弟の育児に集中するためだけに姉が外に出されたというのだ。

珠里は碧翔と皇太后に対してやたら攻撃的だった莉香のふるまいを思いだし、なんとなく合点《がてん》がいったような気がした。

（そりゃあ、拗《す》ねるわよね）

ならばいまさら宮城《きゅうじょう》に戻ってきたとて、素直に母親を心配する気にはなれないだろう。

珠里の心に、これまで反発しかなかった莉香に対してはじめて同情の気持ちが芽生《めば》えた。

「えらい人って大変ですよね……」

「以前はあのような方ではなかった」

珠里は目を見開く。唱堂は彼には珍しく、気まずげに視線をそらした。そして目のやり場を持て余したように、遠くを見るような目差《まなざ》しで語った。

「わがままなところも感情的になるところもあった。だが活発で朗《ほが》らかで、誰に対しても意地の悪いことを言う方ではなかった」

唱堂の発言を、珠里は信じがたい思いで聞いた。なにしろ珠里は出会った日から、莉香には意地の悪いことを言われつづけていたからだ。

「……宮城が性《しょう》に合わないのですかね」

ため息まじりに珠里が言ったが、唱堂は複雑な面持《おもも》ちのまま莉香が行った方向を眺めているだけだった。


それから二日後の夜、珠里は鍼《はり》を施すために皇太后宮にむかっていた。

方剤《ほうざい》は数日分まとめて調合しており、煎《せん》じは宮女がしてくれるので、珠里の毎日の仕事は基本的にこれだけだった。おかげで昼間は医官局の書庫に入りびたり、書物を一日中読むことができることは嬉しかった。ときおり体調不良を訴えてくる宮女に応じていたが、いまのところ皇太后のようなひどい症状の者はいないので、大した労苦ではない。

回廊《かいろう》を歩いていると、先日相談を受けた宮女が声をかけてきた。

「あら、范《はん》さん。この間はありがとう。おかげでだいぶんよくなったわよ」

そう言って彼女は襦《じゅ》の襟元《えりもと》を開いた。白い胸元はわずかに紅斑《こうはん》が残っていたが、全体が真っ赤になっていた二、三日前に比べるとずいぶん改善している。

「ああ、本当だ。よかったですね」

「でも不思議よね。いままで同じ物をつけても、あんなことはなかったのに」

首を傾《かし》げる宮女は、手持ちの首飾りをつけて皮膚《ひふ》がかぶれたのだと訴えた。

珠里はしばらくそれを外すように言い、柴胡《さいこ》に桔梗《ききょう》等を配合した方剤を調合し、唱堂から分けてもらった塗り薬とともに渡したのだった。ちなみにこの薬も西域から伝わったものだということで、材料は珍しくないがこの国では使われていない生薬《しょうやく》だった。

「人間の体質はずっと同じではありません。体調が悪いときは、それまでなんともなかったものが害になることがあるんですよ」

「そういえばあのときは、風邪《かぜ》に月のものが重なって最悪の体調だったわね」

思いだしたのか、宮女の表情はうんざりしたものになった。

「じゃあ体調がよいときなら、あの首飾りをまたつけても大丈夫かしら？　実はお気に入りなのよ」

「問題ない可能性はあります。ただまたかぶれる可能性もありますので、肌の状態がよくなってから短い時間から試してみることをお勧めします。それでもう一度かぶれるようでしたら、残念ですけど諦めてください」

珠里の説明に宮女はうなずき、あらためて口を開く。

「あんたがいてくれて助かるわ。医者にこんなことを言ったら、くだらん、首飾りと自分の身体《からだ》のどっちが大事なんだ、と一喝《いっかつ》されるだけだものね」

「まあ、お医者さんは男の人だからそう思うのでしょうね」

苦笑いしながら珠里は答える。

「本当に、皇太后様のような件もあるのだから、世の中に女の医者がいてくれたらと思うわ」

その宮女の言葉は、思いがけないほど深く珠里の心に食い込んだ。

伝説上の女医・莟鶯《かんおう》以来、この国に女の医者は存在しなかった。それは世が必要としなかったからではなく、婦人には仕事よりももっと大切な道があるとされているからだ。

それは父に従い、夫に仕え、子に尽くす婦道《ふどう》である。

だけど当事者である婦人達は、女の医者を必要としているのではないのだろうか？　黄蓮や皇太后のような婦人はごく一部ではなく、この世に珠里が思うよりずっと大勢いるのではないのだろうか？

ひょっとしてこの世の中には、女の医者が存在していてもよいのではないか。

（女医……）

漠然《ばくぜん》とした願望が浮かぶが、考えてもせんないことと思い直す。男が事を決めるこの世の中で、そんなこと叶うはずがない。

宮女と別れて皇太后宮前で訪問を告げると、すぐに扉が開いた。しかし出迎えの馴染みの宮女の表情が険しいことに珠里は驚く。

「ああ、范さん。もうそんな時間ね」

「どうかなさったのですか？」

珠里の問いに、宮女は顔をしかめる。自分の表情に自覚はあったようだ。

彼女は院裡《なかにわ》の奥に見える正房《せいぼう》に目をむけた。あの中が皇太后の居住区だ。回廊には灯籠《とうろう》が灯り、周囲を赤々と照らし出している。

「長公主様がおいでになられているのよ」

莉香の名に珠里は少なからず緊張する。けっこうな啖呵《たんか》を切ってしまったのは、ほんの二日前だ。言った言葉自体に後悔《こうかい》はないが、もともと苦手だった相手にさらに気まずさを覚えるようになってしまっていた。

「では、出直しましょうか？」

「いいわよ。どうせすぐにお帰りになられるから、控え室でお茶でも飲んでいなさいな」

宮女は善意で言ったのだろうが、万が一にも莉香と顔を合わせることを避けたい珠里からすると困った展開だった。しかし正直に言えもしないので、しかたなく付き従う。

廂房《わきのや》に並ぶ、宮女達の控え室のひとつに入れてもらった。

「長公主様は、いつもこんな遅い時間にいらっしゃるのですか？」

茶を用意してくれた宮女に、珠里は尋ねた。

昼間と就寝前の二回、珠里は鍼の施術のために皇太后を訪ねている。仕事を終えた者は、湯あみも済ませて、もう休もうという刻限だった。

「時間はまちまちね。気紛《きまぐ》れな方だから」

「頻繁《ひんぱん》にお見舞いにいらっしゃるのですか？」

「顔だけはだいたい毎日お見せになるわ。すぐお帰りになるけどね」

実態を告げているだけなのに、宮女の物言いは自然とけんのあるものになっている。初日の皇太后の言葉を思いだし、珠里は少し気鬱《きうつ》になる。

無理をして来なくてもいい――あの皇太后の言葉は、実の娘に対する本音なのだろうか？

珠里は、莉香が皇太后に接しているところを見たことはないが、日頃の言動や碧翔の反応から考えても穏便に接しているとは考えにくい。

ならば実の娘の訪問は、皇太后にとって苦痛でしかないのかもしれない。そんなふうに珠里が考えていると、宮女がため息まじりに言った。

「困ったものよね。ようやくお母様に孝行ができる環境になったというのに」

珠里は一瞬、耳を疑った。さすがにそれは理不尽だろうと反発したかったが、それも孝行を敬《うやま》う世においての考え方なのだろうと思い直した。婦道と同じで、理不尽でもそれが人の道とされているのだ。

（でも周りが全員、それがとうぜんだと思っているのなら、ちょっとどうかと思うけどなあ……）

道徳として説《と》くのなら分かるが、いまの宮女のような言い方では莉香も反発するだろう。だからといって母親に連日のように悪態をつくなど、許されることではない。そうやって考えると、なぜ莉香が宮城に戻ってきたのかがつくづく分からない。

そこで、ふと珠里は思いつく。

皇太后は自分が毒を盛られているのではと疑っていたのだという。しかし動機が思い当たらないという理由から碧翔は懐疑的だったし、病状から珠里もそれを否定した。

よく考えてみれば、特に疑り深いわけでも人から恨みを買うような人格でもない皇太后が、なぜそんな懸念《けねん》を持つに至ったのだろう？

（――まさか？）

ひょっとして皇太后は、莉香を疑っているのではないのだろうか？

皇太后の発病は莉香の帰城と時期を同じくしているという。そして莉香は毎日のように皇太后のもとを訪れているらしい。もちろん珠里は症状から毒の使用など疑っていないが、医術の知識がない皇太后にはそんなことは分からない。

――別に、無理をして来なくてもいいのよ。

わが子が自分を害そうとしている。あの言葉の背景に、そんな疑惑があったとしたら。もし皇太后がそんな疑念を持っていたとしたら、心身の負担はそうとうなものにちがいない。

（でも、そんなこと………）

混乱する気持ちを鎮めようと、珠里が茶をすすりあげたときだった。

「放っておいて！」

絹を引き裂くような声が、外から響いた。ぎょっとして宮女と目を見合わせる。一拍置いて回廊に出ると、同じように隣と反対側の廂房からも幾人かの宮女が姿を見せる。しばらくして正房の扉が音をたてて開き、奥から莉香が飛び出してきた。彼女は周りの視線など目に入らないよう、ものすごい勢いで院裡を駆け抜けると門を飛び出していった。

珠里は呆然《ぼうぜん》とし、莉香が姿を消した門を見つめる。

「またなの!?」

うんざりした声音《こわね》にわれに返る。珠里のあとについて出てきた宮女が、隣の房から出てきた同僚と目配せしあっている。無理矢理呑《の》みこんだもやもやした思いが、ふたたびせりあがってきた。珠里は宮女達を見もせず、正房にむかった。

素知らぬ顔で施術に来たことを告げると、初日に食べ物の件で名乗った永琳《えいりん》という名の宮女が、こちらも素知らぬ顔で珠里を皇太后の寝室へと連れていった。

すでに寝台に臥《ふ》せっていた皇太后は、珠里の訪室を聞いて顔をむける。

「ああ、もうそんな時間ね」

先ほどの莉香とあまりにも対照的な、普段と変わらぬ穏やかな表情に珠里は驚く。

あるいは莉香が一方的に怒っただけで、皇太后はさほど痛痒《つうよう》は感じていないのだろうか？

泰然《たいぜん》と構える彼女の姿に、なぜか疑うように珠里は思った。

「あの、皇太后さ――」

「さっそくはじめてちょうだい。今日はひどく疲れたから、じっくりとお願いね」

珠里がなにか問おうとするのを遮《さえぎ》り、皇太后は言った。微笑《ほほえ》みの奥に決然とした拒絶を感じて、珠里はしばし言葉を失う。

胸にあったもやもやした思いが、いっそう強くなる。

しかし珠里は、その思いを口にすることができなかった。相手の身分はもちろんだが、珠里自身、自分の気持ちをうまく言葉にすることができていなかったからだ。

「――分かりました」

ぎこちなく答えると、珠里は鞄《かばん》を下ろして鍼《はり》の道具を取りだした。

「終わりました、もう動いていただいて大丈夫ですよ」

施術を終えて鍼を抜いたあと、珠里は皇太后《こうたいごう》に声をかけた。ゆっくりと起き上がる皇太后の衣装を永琳が手早く直し、別の宮女が温かい茶を差し出した。

白い碗《わん》にそそがれた琥珀《こはく》色の液体を一口すすってから、皇太后は言った。

「ご苦労でしたね、珠里。おかげでずいぶんと調子がよいのですよ」

珠里は表情を和《やわ》らげた。治療をはじめて数日が過ぎ、脈や舌などの客観的な所見が改善していることは分かっていた。しかし当人の自覚が伴《ともな》っていなければどうしようもない。逆に患者が改善を実感していても、客観的な所見が改善していなければ治療する側としては複雑だ。特に人がよい患者は、治療者に遠慮《えんりょ》して〝調子がよい〟などと嘘をつく場合がある。

だが今回は、客観的な所見と自覚症状の改善が合致したのだ。

「そなたがくれたあの精油も、とてもよい感じなのよ」

「それはよかったです。あれをくれた医官にも伝えておきます」

そこで珠里は言葉を切り、あらためて告げる。

「長い間患《わずら》っておられたのですから、そのぶん完治までは時間がかかるとは思いますが、気持ちをゆったりとさせて気長に治していきましょう。焦りは禁物ですからね」

かつての父の教えを思いだす。長く病に臥していた者は、治癒《ちゆ》にはその倍の時間をかけて根気よくむきあうこと。患者はとうぜん焦るから、医者が焦ってはけしてならない。そう父は言っていた。

はきはきと答える珠里に、皇太后はまるでわが子に対するようにくすくすと笑う。

「そなたはいつも元気がよいのですね。見ていると、こちらまで元気をもらえるような気がしてきますよ」

「いや、それだけが取り柄なので……」

照れながら言うと、皇太后は今度は声をあげて笑った。

そのあと皇太后は珠里に椅子《いす》を勧め、宮女に茶と菓子を用意するように命じた。朱色の座布団を置いた紫檀《したん》の椅子に腰を下ろすと、ほどなくして熱い茶と小ぶりの饅頭《まんじゆう》が提供される。

「ありがとうございます。ごちそうになります」

茶をすすってから、饅頭を頬張《ほおば》る。ふんわりとした皮の中には、驚くほどなめらかな餡《あん》が詰まっていて、極上《ごくじょう》の絹のようなその舌触りに珠里は感嘆《かんたん》の声をあげる。

「うわあ、おいしいですね」

「ならば幾つか持って帰りなさい。若い娘は将来のためにも、しっかりと栄養を摂《と》らなくてはいけませんからね」

まるで母親のような言葉に、これではどちらが治療者なのか分からないと内心で珠里は苦笑してしまう。まったく美しさに加えて人柄まで優れているのだから、本当に絵にかいたような貴婦人だと感心する。こんな素晴らしい母親なのだから、碧翔が大切にするのもとうぜんだと思う。

その反面、莉香のことを考えると複雑な気持ちにもなる。皇太后と莉香のどちらに好意を持っているかと訊かれたら迷うことはないが、あの攻撃的な性格の要因が、あるいは莉香の成育歴にあるのかと考えると、一方的に彼女を責めることは気の毒な気がした。

ふと珠里は、壁際の飾り棚《だな》に目を留める。以前から存在を認識していた銀細工の鳥籠《とりかご》の中になにかがあることに気づいた。

「え、いつ鳥を?」

銀色の籠の中には小さな緑色の小鳥が入っていた。籠の形を模した装飾品だと思っていたので、本当に鳥を入れるとは思っていなかった。

皇太后より永琳のほうが先に反応した。

「ちがうわよ、あれは翡翠《ひすい》で作った鳥よ」

「え!?」

細工物ということより、翡翠という高価な材質に珠里は驚きの声をあげた。永琳が笑いながら鳥籠を持ってきてくれた。これまで遠目にしか見ていなかった銀細工は、絹糸を張り巡らせたように繊細で、土台となる部分には青を基調にした貴石が嵌《は》めこんである。

「そういえば、あなたははじめて見るわね。羽が欠けていたので修理に出していたのよ」

「そうだったのですか。てっきり本物かと……」

永琳の説明に、珠里は籠の中をのぞき込んだ。両の手で包み込めそうな小さな籠の中には、白みを帯びた独特の緑色の貴石で作られた、鶯《うぐいす》のような鳥が収められていた。本物の鶯より一回り小さいそれは、細やかな手作業で丁寧《ていねい》に羽毛を刻みあげてある。その精緻《せいち》さに珠里はため息をつく。

「間近で見ても本物みたいですね。すごく細かい細工」

「──こんな小さな籠に、本物の鳥を閉じ込めたりしては可哀相《かわいそう》じゃない」

それまで黙っていた皇太后がぽつりと言った。

興奮していたのが冷静になり、珠里は皇太后に視線を移す。穏やかなたたずまいから、先ほどに比べて変わったようすは見られなかったのだが──。

じっと視線をむける珠里に、皇太后は微笑みかけた。

「実は昔は、本当に鳥を飼っていたのよ」

「ここでですか？」

「碧翔が生まれる前だから、正確には東の貴妃宮での話よ。先帝様の御世《みよ》では私は皇貴妃《こうきひ》の地位を賜《たまわ》っていたから」

以前に唱堂からも聞いていた話に、珠里はふと疑問を覚えた。

皇貴妃とは皇后《こうごう》に次ぐ地位にあり、大変に高貴な妃《きさき》の名称だ。だが皇太子の母でもあり、これほど非の打ちどころのない妃が、その地位に留められているというのはどういうことなのだろう。先に皇后がいたということも考えられるが、少なくともこの宮城《きゅうじょう》にそれに該当《がいとう》する人物はいない。先帝の妃嬪《ひひん》は、彼の崩御《ほうぎょ》から十カ月間は後宮に留まっていなければならないはずだ。

つまり先帝には、皇后がいなかったということになる。

珠里の思惑を知ってか知らずか、皇太后は話をつづける。

「とても鳴き声が美しい、メジロだったわ」

「ああ、存じております。私の近所でも飼っている家がありましたから。とても綺麗《きれい》な鳴き声でうっとりしました」

「まあ、そうだったの」

皇太后は表情をほころばせた。

「それでいまは鳥を飼っていらっしゃらないのですか？」

珠里の問いに、皇太后はうなずいた。

「ええ、可哀相で……」

「？」

「何十羽と飼っていたけれど、どれもこれも死んでしまったわ。それで最後に飼っていた一羽は私が自分で空に放ったの……莉香と同じね」

平然と皇太后は言ったが、だからこそ珠里は胸を突かれた。

皇太后が実の娘である莉香を手放した、詳しい経緯はよく分からない。だが少なくとも、それが皇太后の心に重荷となっていることはまちがいなさそうだった。

珠里は一礼して立ち上がった。

「すみません、すっかり長居をしてしまいました。これでお暇《いとま》いたしますので、どうぞゆっくりお休みください」

「ありがとう。明日もよろしくね」

皇太后の言葉に、珠里はふたたび頭を下げる。

寝室を抜け、宮殿の出入り口まで永琳が見送りに付き添ってくれる。そうして扉の前まで来たところで、とつぜん刺々《とげとげ》しい口調で永琳が言った。

「長公主様がいけないのよ」

剣幕に珠里は動じたが、内容そのものは別に驚くものではなかった。莉香のあの言動が、皇太后の心因のひとつにはなっているであろうことは珠里も考えていた。加えて宮女達が莉香に反感を抱いていることは、彼女達の反応でも明確だったからだ。

「せっかくお戻りになられたのに、いらっしゃるたびに皇太后様に毒のある言葉ばかりをぶつけられて……あんなことを仰《おお》せになられるぐらいなら、西洲にお帰りになっていただいたほうがましだわ」

主君に対する忠義の表れなのだろうが、腹立ちを抑えかねるといった調子で永琳は言う。

珠里は莉香と皇太后が同席している現場に遭遇《そうぐう》したことはなかったが、先ほどの莉香のようすからしてもおおよそ察しがつく。きっと珠里や碧翔に対したときと変わらない強い言葉を吐いていたのだろう。

珠里が黙っていると、永琳は我を取り戻したように顔を赤くする。

「ごめんなさい、つい興奮してしまって……」

「いいえ。でも誰が聞いているか分かりませんから」

なだめるように言うと、永琳は恐縮して肩を竦《すく》めた。

そのとき格子枠《こうしわく》の扉が開いた。石段に立っていた人物は碧翔だった。

「へ、陛下！」

永琳が悲鳴をあげる。莉香への悪口を聞かれたと思ったのかもしれない。いくら仲が悪くとも、姉の悪口を聞けば碧翔も見過ごすわけにもいかないだろう。

珠里も一瞬緊張したが、碧翔は表情を変えないまま問う。

「母上はまだ起きておいでか？」

どうやら聞こえていなかったようだ。永琳の顔が、目に見えて安堵《あんど》したものになった。確かに永琳は怒ってはいたが、声はそれほど大きなものではなかった。あれほど興奮していたにもかかわらずこのふるまいができるのは、宮女として躾《しつ》けられたものなのかもしれない。

「お休みになられたところですが、まだ起きていらっしゃるかもしれません。確認してまいりましょうか？」

「いや、よい。お起こししては気の毒だ」

引き返そうとする永琳を、そう言って碧翔は止めた。そして珠里のほうを一瞥《いちべつ》すると、くいっと顎《あご》を動かして、外に出ろというような素振りをした。

おそらく母親の状況を訊くつもりなのだろう。治療方針や病状の説明は、当人や家族に対するとうぜんの義務だが、相手が相手だけに気が重い。しぶしぶ表に出ると、碧翔はついてくるように珠里に命じてから歩きはじめた。珠里は初日に使った部屋をそのまま与えられているので、現在は皇帝宮に住んでいる。帰路は同じになるわけだが、できるのなら別々に帰りたいとは思っていた。

(嫌いというわけじゃないけど、気は思いっきり遣うからなあ……)

それなのになぜ怒らせてしまうのか、さっぱり分からないのだが。

あいかわらずずんずんと進む碧翔のあとを、珠里は懸命に追いかける。石畳《いしだたみ》を敷いた宮道を抜けて皇帝宮に入ると、回廊《かいろう》に囲まれた豪奢《ごうしゃ》な庭園が開けている。

昼間は翡翠色の水面を広げている池は、この時間は水鏡となって明かりに照らされた建物や前栽《せんざい》、そして天頂に浮かぶ満月を映しだしていた。

ひたすら付き従っていた珠里だったが、夜景の美しさについ足を止めてしまう。

「よい月だな」

歩きだしてから、はじめて碧翔が口を開いた。夜景に見入っていた珠里はわれに返る。いつもなら「もたもたするな」と怒鳴られるところだろうに、彼も景色に見入ってくれていたのは幸いだった。

珠里は胸をなでおろし、碧翔の背中にむかって相槌《あいづち》を打つ。

「そ、そうですね」

「母上の具合が大分いいようだな」

珠里は目を瞬かせ、一拍置いてから弾んだ声で答える。

「お分かりになりますか?」

碧翔はゆっくりと振り返った。淡い月明かりが斜め後方から、彼の白皙《はくせき》の顔を半分だけ照らし出す。いつも吊り上がっている印象の面差《おもざ》しが、なにかにじみだすように和《なご》んで見えた。

錯覚《さっかく》かと思った。

「ああ、お前には感謝している」

今度は耳を疑った。しかしはじめて自分にむけられた微笑《ほほえ》みに、その言葉が偽りではないことを知る。

胸に熱いものがそそぎ込み、歓喜に打ち震えそうになる。

この感謝も仕事をしているからこそ得られたものだ。本当に、自分の好きな仕事ができるというのはなんと素晴らしいことなのだろう。

「――頑張ります」

自らに言い聞かせるように告げると、碧翔はこくりとうなずいて言った。

「頼りにしているぞ」

今度は少し緊張しつつ、珠里は「はい」と答えた。

微笑むというよりも、和んだ表情でたがいに見つめあう。少ししてむこうの回廊から足音が響いてきて、汪礼《おうれい》の声が聞こえた。

「陛下、お戻りになられましたか」

皇太后宮《こうたいごう》に汪礼は入れないので、戻ってくるのを待っていたのだろう。珠里と碧翔は同時に声のした方向に顔をむける。そのはずみなのか、それとも月が少し動いているのか、ほの暗い光が碧翔の姿をはっきりと照らし出した。

（うわあ……この方、やはりすごく綺麗な顔をしている）

あらためて珠里が思ったとき、汪礼のほうを見ていた碧翔がひょいと顔をむけた。ふい打ちに目を見合わせたあと、なにかに気づいたように碧翔が言った。

「お前、意外と可愛《かわい》い顔をしているな」

さらりと告げられた言葉に珠里は固まった。どう反応していいのか分からずにいると、先のほうから近づいてきた汪礼がにこやかに言った。

「あ、陛下も気づかれましたか。俺は最初から思っていましたけどね。肌は美しいしなにより目がでかい。そりゃあちょっと鼻は低いですけど筋はまっすぐ通っていますし、これはこれで愛嬌《あいきょう》があっていいと思いますねえ。あとはこの適当に束ねた感満載の髪をなんとかして少しぐらい化粧《けしょう》をすれば、まあ嬪《ひん》は無理でも才人か美人くらいにはなれるんじゃないですか」

この場合の才人と美人というのは女官の役職名で、麗人《れいじん》とか才知のある人という意味ではない。そこそこだが、羨望《せんぼう》の目差《まなざ》しをむけられるほどの地位ではない。いずれにしろ失礼にはちがいないので、珠里は思いっきり不機嫌になって汪礼をにらみつけた。

（なに、この人。顔、引っ掻《か》いてやりたい）

そもそもなぜこんな軽いノリの人に、この真面目《まじめ》な碧翔の侍臣《じしん》が務まるのだろう。怒りを紛《まぎ》らわせるために心中で悪態をつく珠里の前で、碧翔は慣れたことのように平然としている。冷静に考えれば、こんな綺麗な顔の人に〝可愛い〟などと言われても微妙な感じである。

どう考えたのか、おもむろに碧翔が口を開いた。

「そういえばお前が母上に渡したという精油、あれがとてもよいと仰せだった」

汪礼の無礼を笑うでもなく、かといって咎《とが》めるわけでもなく碧翔は変わらずにふるまう。その反応に怒るのも面倒になり、気抜けしたように珠里は答える。

「あれは私が準備をしたものではなく、お世話になっている医官の方がくださった物です」

「医官？」

「陛下もお会いになられました。先日生薬《しょうやく》を届けてくれた、背の高い人です」

「ああ、唱堂ね」

碧翔ではなく汪礼が言った。そういえばあのときは汪礼が唱堂を連れてきたのだった。知り合いのようにふるまっていたので、あとで唱堂に訊くと、太学《たいがく》の同級生なのだという。もちろん武官と医官は別の学校だが、下宿先が同じだったそうだ。

「西洲出身の者ですよ。長公主様とも顔馴染《なじ》みだそうです」

「姉上と？」

碧翔の声が少し強張《こわば》った。不仲の姉の話題をどういうつもりで汪礼が出したのか珠里には理解しかねた。

（うわあ～この人やっぱり無神経だわ……）

一介《いっかい》の小娘と帝《みかど》に対して、同じようにふるまえるなんて、ある意味、尊敬に値する。あるいはこちらが思うほど、莉香の話題は逆鱗《げきりん》に触れるものでもないのだろうか？

「あの……」

ならばと、思いきって珠里は口を開く。

「皇太后様は長公主様を、西洲にお戻しになりたいと考えておられるのでしょうか？」

その問いに碧翔と汪礼は同時に顔をむける。

「なぜだ？」

表情を硬くして碧翔は問うた。

「閉じ込めたりしては可哀相《かわいそう》だと――」

そのつもりはなかったが、まるで詩を詠《よ》むような口調になった。

訝《いぶか》しげな顔をする碧翔に、珠里は鳥籠《とりかご》にまつわる話を聞かせた。空に放したメジロを、皇太后が莉香に喩《たと》えたことを告げると、碧翔の表情はひどく気難しいものになった。

いっぽうで珠里も自分で説明をしながら疑問を抱いた。もし皇太后が毒の件で莉香を疑っていたとしたら、どう受け止めるべきか分からない言葉だからだ。

「やはり長公主様のことをおっしゃっていたのでしょうか？」

「まあ、その言い方だと公主様を思っての言葉だよな」

黙っている碧翔に代わるように、汪礼が答えた。珠里が顔をむけると、彼は緩《ゆる》く首を横に振ってみせた。

「だけどそんなことはないよ。だって長公主様は自分の意志でいらっしゃったのだから」

「え？」

そういえば莉香が宮城《きゅうじょう》を出された理由ばかりを気にして、なぜ戻ってきたのかはあまり気にしていなかった。というよりあの態度から、ここにいることは莉香の意に沿わないことなのだろうと思い込んでいた。

不思議な顔をする珠里に、それまで黙っていた碧翔が言った。

「何年か前からずっと、母上は姉上を自分のもとに呼び寄せようとしていた。だが姉上はがんとして応じなかった――とうぜんだ」

最後の言葉に珠里は目を見張る。碧翔は一度彷徨《さまよ》わせた視線を足元に落とした。まるで塵《ちり》でも探すように、ひたすら化粧石の継ぎ目を見つめている。

これまで珠里は、莉香の暴言に碧翔が処分を下さないのは、姉という彼女の立場を尊重してのものだと思っていた。だが実際はそうではなく、碧翔が莉香に対してなんらかの罪悪感を抱いていたからではないのかとはじめて思った。

やがて碧翔は一度唇を結び、あらためて語った。

「母上も分かっていたのだろう。文《ふみ》は何度も出していたようだが、特に無理強《むりじ》いなさることはなかった」

「それが先帝の崩御《ほうぎょ》のあと、とつぜんお出でになられたんだよ」

あとを引き継ぐように答えたのは汪礼だった。

「なぜですか？」

父親に会いたくなかったのか？　とは訊けなかったので、漠然《ばくぜん》とした問いになった。対して汪礼は〝知らない〟とばかりに首を横に振った。

「だが、それから少しして母上の具合が悪くなった」

意味深な碧翔の言葉に珠里は眉《まゆ》を寄せる。

――毒にかんして皇太后様は、長公主様を疑っているのではないのですか？

喉元《のどもと》までせりあがった言葉を、珠里は辛《かろ》うじて呑《の》み込んだ。そんな不敬《ふけい》を言えるはずもないし、そもそも皇太后の病状は毒物からのものではない。

一度息をついてから、あらためて珠里はいくらか穏便な言葉で問う。

「皇太后様のご容態は、長公主様が原因だと？」

毒ではなくとも、心理的な負担となっている可能性は大ありだ。

珠里の問いに碧翔はすぐに答えなかった。彼はしばしの間のあと、まるで自分の発言を弁明するように言った。

「姉上の気持ちは分からないでもない。だがこれ以上、いまのようなふるまいをつづけられるのなら、お戻りいただくしかあるまい」


宮城に入ってから十五日が過ぎた。

皇太后の症状は誰が見ても分かるほどに改善しており、以前はなにかと臥《ふ》せがちだったとのことだが、日和《ひより》のよい日は院子《にわ》を散歩するまでになっていた。

もちろんもともとの健康な状態には及ばないし、ここ三日は若干《じゃっかん》停滞している感がないわけでもなかった。それでいまの治療方針でよいのかと太医長に相談すると、彼は面白くもなさそうな顔をしながら、驚くほど丁寧《ていねい》に指示をくれたのだった。

「太医長って、なんのかんのいっても親切ですよね」

珠里は唱堂に対して、得意げにそのことを告げた。ちなみに唱堂は、皇帝宮の調剤室に生薬を届けに来たところだった。太医長の指示に従い、従来の処方に新しい生薬を付け加えることにしていた。唱堂はその分と在庫の補充分を持ってきたのだった。それを二人で協力して、引き出しが無数にある薬種棚《だな》に収める作業の最中だった。

「そなたのように毎晩部屋に押しかけて、問答無用に質問攻めにしては太医長も断りようがあるまい」

呆《あき》れ半分に答えた唱堂に、珠里は気まずげな顔をする。

典医でもある太医長は、皇帝宮にもその部屋を持っている。そこに珠里は連日押しかけ、相手の意図や都合を問うこともなく質問攻めにしたのだった。問答無用に質問というのも変な表現だが、傍目《はため》にはそのように映るのだろう。

「太医長は壮健な方だが、それなりのお歳《とし》だ。あまり長い時間は勘弁してやれ。心持ちだが白髪が増えた気がするぞ」

「……そうか、父様の同級生ですものね」

ひょっとしたら同門の娘という理由もあるのかもしれない。しかし年齢は太医長のほうが二つ上だというのだから、確かに体力を考えればもう少し遠慮《えんりょ》するべきだった。少しばかり珠里がへこんでいると、苦笑交じりに唱堂が言った。

「まあ、太医長が本当に迷惑に思っているのなら、医官局のほうに逃げているだろうから大丈夫だろう」

「そうですよね！」

「………いや、でもそれなりに遠慮はしたほうがいい」

遠慮がちながらも一応釘を刺すと、あらためて唱堂は言った。

「そなたが懸命に学ぶかぎり、太医長はきちんと指導してくださるよ。異民族ということで次官達がこぞって反対した私の入局も、あの方の鶴の一声で決まったのだから」

「え？」

驚きに声をあげると、珠里はまじまじと唱堂を見る。

唱堂は確か太学を出ていたはずだ。もちろん卒業後に別の進路を取る者もいるだろうが、もともと太学は官吏《かんり》を養成するための学校だ。だというのに、そんな理由で入局が拒《こば》まれるとは考えたこともなかった。

「そんなことがあったのですか？」

遠慮がちに訊いた珠里に、唱堂は静かにうなずいた。

「医者に必要なものは国籍ではなく、患者を想う心と確かな技術だけだとおっしゃったよ」

その言葉は思った以上に、珠里の心の深い部分に落ちていった。

だから唱堂と太医長は、女である珠里にも真剣に指導をしてくれるのかもしれない。普通であれば、女など歯牙《しが》にもかけてもらえないだろうに。

「だからですかね。他の医官の方も親切ですよ。書庫で会ったら色々と親切に教えてくれますから。あの二人は例外だったみたいですね」

自由時間が多いので、ちょくちょくと医官局に足を伸ばしている。そこで幾人かの医官と顔見知りになった。彼等はおおむね親切で、書物を探すのも、高いところにある一冊を取るのも快《こころよ》く手伝ってくれるのだ。きっと太医長の指導方針にちがいない、そう珠里は思った。

にこにこしてそう説明すると、唱堂は釈然としない面持《おもも》ちで首をひねった。その反応を珠里は訝しく思ったが、扉のほうから聞こえた足音に問うことを遮られる。

　見ると扉の先に、汪礼が立っていた。ちなみに珠里は太医長の命令で、書庫と調剤室にいるときはいつも扉を開けたままにしている。

変な誤解の元だし、若い娘は用心はいくらしてもしすぎることはないというのが理由だそうだ。

汪礼は訝しげな顔をする珠里に一度目配せすると、唱堂のほうに視線を移した。

「陛下がお前に、精油の件で礼を言いたいと仰《おお》せだ」

唱堂は驚いた顔をしたが、彼がなにか問う前に扉の先に碧翔が姿を現した。彼は普段着と思《おぼ》しき、藤《ふじ》色の道袍《どうほう》を着ていた。

「そなたが戈中士《かちゅうし》か？」

「さようでございます」

碧翔の問いに深々と頭を下げた唱堂に、珠里はこれが皇帝に対する普通の態度なのだとあらためて思った。自分をはじめ、莉香に汪礼と大胆《だいたん》なふるまいをする者が多いので新鮮な気持ちすらした。

「そなたが提供した精油を、母上はたいそう気に入られたようだ。私からも礼を言うぞ」

「もったいないお言葉でございます。皇太后様の快癒《かいゆ》にむけて、少しでもお力添えができたのなら幸いでございます」

碧翔のこの行動に、珠里は自分が褒《ほ》められたように嬉しく感じた。というのも自分の治療がここまで功を奏したのは、唱堂と太医長の協力があったからだと思っているからだ。自分ばかりが皇太后に褒められるのは心苦しかった。

それで珠里は、つい口を挟んだ。

「陛下。私がこうして皇太后様のお世話ができるのは、太医長と唱堂さんの協力があるからです。どうぞそのことをお知りおきください」

まるで自分のことのように得意げに語る珠里に、唱堂は照れるとも困惑ともつかぬ顔をしている。対して汪礼は、やけににやにやして唱堂を眺めていた。そして碧翔は――。

（え？）

珠里は目をぱちくりさせる。自分にむけられた碧翔の目差《まなざ》しが、これまで見たこともないほどに柔らかなものだったからだ。

（なに、この人。本当に陛下？）

まったく別人としか思えない。自分の目を疑い、確認するようにまじまじと見つめる。場合によっては〝不敬〟とされかねないふるまいに、碧翔は穏やかに微笑《ほほえ》んだ。

予想外の反応にあたふたする珠里に、碧翔は告げた。

「お前は本当に変な娘だが、心根はまっすぐしているな。そんな奴だから信頼できるが」

「……………」

「母上のことを、よろしく頼むぞ」

耳ではなく心に直接告げられたように、その言葉は珠里の深い部分にすとんと落ちた。そして綿に水を垂らしたように染み入った。

「はい、お任せください！」

はっきりと珠里は答えた。喜びだけではなく、以前とはちがう自信があった。その地盤となったものは、知識を与えてくれる書物と相談ができる人達の存在だった。

碧翔は穏やかな表情のままうなずき、次に唱堂に視線を動かす。

「戈中士」

「はい」

「范《はん》珠里に、よく協力してやってくれ」

「承知いたしました」

一礼して顔をあげた唱堂に、珠里は弾んだ声をあげる。

「唱堂さん、これからもよろしくお願いします」

二人のやりとりを横目に、碧翔と汪礼が踵《きびす》を返した。だが一歩踏み出す前に、その足の動きが止まった。薬種棚の前ではしゃいでいた珠里は、気配を感じて顔をむける。

次の瞬間、嫌悪とともに緊張する。

碧翔と汪礼の身体《からだ》を挟んで扉の先に、莉香が立っていたからだ。

（うわ〰〰、よりによってこの組み合わせ）

それでなくとも苦手な莉香なのに、彼女と険悪な碧翔が同席する場面など最悪だ。それまで和《なご》んでいた部屋の空気が、瞬く間に張りつめる。

なにが勘気《かんき》に触れるか分からない相手なので、珠里はおどおどしつつ莉香を見つめる。下手《へた》に視線をそむけては、逆に咎《とが》められるような気がした。背中をむけられているので視線の行き先は分からないが、おそらく碧翔も汪礼も彼女を見ているだろう。

対して莉香は、蛇蝎《だかつ》でも見るような目で部屋全体を見回した。一度その視線を珠里と唱堂にむけ、次に手前に立つ碧翔に留める。

「いくらその男が協力したって無駄よ」

声高に莉香は言った。脈絡からしてその男とは唱堂のことだろう。ということは〝協力してやってくれ〟という碧翔の言葉を、莉香は外で聞いていたことになる。珠里が唱堂を見ると、彼は苦々しい表情の中にも痛ましいものを見るような目差しで莉香を見つめていた。

（……唱堂さん？）

西洲での莉香は、朗《ほが》らかで意地の悪い人間ではなかったと唱堂は言った。いま目の前にいる莉香からすると信じられない言葉だ。ひょっとしてこれは、宮城《きゅうじょう》に来たあとで変わってしまった昔馴染《なじ》みを痛ましく思う目差しなのだろうか。

そこで珠里は、ふと疑問に思う。

（長公主様、どうして皇帝宮においでになられたのかしら？）

碧翔との仲を考えれば、莉香が自分から皇帝宮を訪れるとは考えにくい。先日の医官局の書庫もだが、普通に考えて彼女の訪室の理由が思いつかない。

「なにが無駄だというんだ」

腹立たしげに碧翔は応じた。皇帝の厳しい声音《こわね》にも、あいかわらず莉香は動じない。

「みな、分かっているでしょう？」

莉香はもう一度、室内全体をぐるりと見回した。

「お母様の病は、私の帰郷が原因だって」

自虐《じぎゃく》ともつかぬ言葉を、むしろ誇らしげに莉香は言う。確かに同じようなことを宮女が言っていた。そして碧翔も、断言こそはしないものの否定はしなかった。短い時間であったが、珠里が見た母娘《おやこ》のやりとりもそれを納得させるものではあった。加えて皇太后《こうたいごう》が毒の件での疑念を莉香に抱いているとしたら、確かに莉香が大きな要因になっていることは考えられる。

　珠里ははらはらしながら二人のやりとりを聞いていた。

　正直、いつ碧翔の堪忍袋の緒が切れるのかも不安だった。けして気が長いとは思えない碧翔が、こと莉香に対しては驚くべき忍耐強さを保っているのは、あるいは彼女に対する罪悪感ゆえかもしれないが、それにしたって限度があるだろう。だいたい里子の経緯だって、決めたのは周りの大人達で、当時生まれたばかりの碧翔の意図が働いていたはずがない。

　莉香は碧翔にむけていた目差しを、今度は珠里のほうに動かした。

「どう、これで分かったでしょう？」

「え？」

「私がここにいるかぎり、お前がどんなに頑張ってもお母様は治らないわよ」

　珠里はとっさに応じることができなかったが、かまわず莉香はふたたび碧翔に嚙《か》みつく。

「そういうことよ。無駄なあがきをしないで、その娘をさっさと帰してやったら」

　碧翔に対する言葉に、珠里は反応する。考えてみれば初日から、莉香からは帰るように言われていた。ようやっと与えられた仕事なのに、無駄だから帰れと言われつづけていたのだ。

「私は帰りません」

挑むように珠里は言った。

莉香はもちろん、隣にいた唱堂、背をむけていた碧翔と汪礼も身体を反転させて珠里を注視する。その全員に対するようなつもりで、珠里は高らかに告げた。

「公主様がどうおっしゃろうと、私は自分の務めを果たします」

驚きに見開かれていた莉香の瞳に、はっきりと怒りの色が浮かぶ。しかし珠里はひるむことなく、その目差しを受け止める。

内側からもう一人の自分が叫んでいる。手放せるものか、せっかくもらった仕事なのに。自分がこれまで培《つちか》ってきた経験と知識を生かし、誰かの役に立つことができる。そんな機会をふたたび、ようやく得ることができたのに帰れるはずがない。

自分の好きな仕事ができる。それが誰かのために役立つということが、これほど心身を充実させるのだとあらためて珠里は知った。

「確かに医術は人間関係や仕事の問題までは直せません。人は気に病むことがすぎれば、やがて身体に影響を及ぼすこともあるでしょう。ですが亡き父が申しておりました。人は健《すこ》やかな身体があれば、大抵の問題を克服しうる強い心を持てるのです。私の医術は、そんな身体を作ることを目標としているのです」

それが父の教えでもあり、自分の信念だ。

どんなに気丈な人間でも、身体の苦しみがつづけば心に不調を来《きた》す。人は誰でも弱さの因子を内包している。病や不調はいつだって人を狙っている。病に痛めつけられた心身は、些細《ささい》な衝撃にも逆らう術《すべ》を持たない。医術とはそのような状態を改善し、人が持つ本来の強さをきちんと機能させるためのものなのだ。

一歩も引かないというように、珠里は莉香の鋭い目差しを受け止める。

対して莉香は気圧《けお》されかけたように、ぐっと息を呑《の》んだ。だが彼女はすぐに元の強気を取り戻し、傲然《ごうぜん》と珠里を見つめ返す。

「大きく出たわね」

一度息を吐いてから、莉香は言った。

「そこまで言うのなら見せてもらうわ。もしお母様の状態がよくならなかったら、それなりの責任を取ってもらうわよ」

「母上はすでに、ずいぶんと改善している！」

それまで黙っていた碧翔が、ついに耐えかねたように叫んだ。もちろん莉香は恐れることなく反論する。

「だけど私が戻ってくる前はまったく普通に過ごされていたそうじゃない？　その頃に比べるとまだまだよ。私が原因なことはあきらかでしょう？　私に関係なくお母様の治療をつづけるというのなら、それはこの娘の責任じゃないの？」

「いい加減にしてくれ！　そこまで分かっているのなら、なぜこの宮城に留まる！　それよりもなぜ母上にあんな態度を取る？　あなたは母上のたった一人の子供なのに！」

碧翔の叫びの最後に珠里は息を呑んだ。

（いま、なんて……）

聞き違いかと思った。莉香が唯一の子供というのなら、碧翔の母親は皇太后ではないということになるではないか。

答えを求めるように唱堂の顔を見るが、彼は沈痛な面持《おもも》ちではあったが特に驚いたようすでもなかった。次に汪礼の顔を見るが、彼も同様である。もっともこちらの場合は、沈痛というより困りはてたというほうがふさわしい表情だった。

彼等の反応に珠里も少し冷静になる。

（もしかしたら、公然の事実だったの？）

しかし後宮には、碧翔の母親が他にいる気配はない。ということはすでに亡くなっている可能性が高い。なんらかの理由で追放されたということもあるが、その息子であれば皇太子の地位には即《つ》けないだろう。経緯は分からないが、皇太后は別の妃嬪《ひひん》が産んだ子を引き取って育てたということらしい。

（じゃあ皇太后様は、養子を育てるために実の娘を里子に出したの？）

にわかには信じがたいことを、珠里が思いついたときだった。

「そのたった一人の娘を手放した母親に、なぜ私がそこまでできるとあなた達は思うの？」

それまでの興奮が嘘のように、冷ややかに莉香は問い返した。

本音なのだろう、と珠里は感じた。

世間ではどんな親でも子は孝行するべきだと、どんな夫でも妻は尊《とうと》ぶべきだという教えがはびこっているが、よほどの聖人君子か途方もなく無邪気な人間でもないかぎり、無条件にそんなことはできるはずがない。

しかしそれを世間は押しつける。そして心身を痛めてそうした者達を称賛する。

その点で、莉香は正直だと思う。信念というほど安定したものではなく、不安定な感情がそうさせているのだとしても、黄蓮の婚家のように生命より建前《たてまえ》を優先する者達よりよほど共感できる。

珠里の心に、目に見えないものに対する怒りが込みあげる。それは強い風となって、闘争心を炎のようにあおる。これまでずっと自分の内側で、熾《おき》のように燻《くすぶ》りつづけていたものが燃え盛りはじめた。

「長公主様」

珠里は呼びかけた。

「では皇太后様がさらによくなったら、なにをいただけますか？」

莉香はもちろん、碧翔をはじめとした他の者達が珠里を注視する。それまで落ちついた声音で語っていた彼女の瞳は、誰が見ても身構えるほどの強い光が輝いていた。

さすがに莉香も、警戒するように身じろいだ。

「なにをあげるって……」

「一方的に責任だけを負わされることは納得できません。皇太后様が元のようにお元気になられたら、私に対価をお支払いください」

「……対価？」

不審げにつぶやいた莉香に、珠里は一度うなずいてから周りを見回す。同じような目差《まなざ》しで自分を見つめる碧翔に珠里は近づき、人ひとり分の距離を取って立ち止まる。

「陛下」

珠里の呼びかけに、碧翔はすぐに返答をしなかった。彼は意図を探ろうとするように、珠里の目を見据える。臆することなくその視線を受け止めると、珠里は己の内側で燃え盛る情熱を、冷静な言葉として唇から紡《つむ》ぎだした。

「皇太后様が快癒《かいゆ》したあかつきには、私を医師にしてください」

碧翔の目がわずかに見開かれる。莉香はもちろん、唱堂も汪礼もあ然として珠里を見つめている。張りつめた空気の中、碧翔は確認するように尋ねた。

「女医になりたいということか？」

「そうです」

珠里の返答に、碧翔は口許《くちもと》に指をあててしばし沈思《ちんし》する。やがて彼は首を揺らすようにして二度ほどうなずいた。

「別に不相応な願いではないな。お前は知識も技術もある。褒美《ほうび》として診療行為を許可しても問題はないだろう」

「できましたら今後のために、私も含めて女子が学ぶための医学校を作っていただきたいのです」

珠里の要求に、さすがに碧翔は驚いた顔をした。それはそうだろう。そもそも学校という存在自体が男子のためのものだ。それを女子のために、しかも医者という外で働く人材を育成するために作ってほしいなど非常識の極《きわ》みだ。

「女子のための医学校だと？」

困惑気に言葉をもらした碧翔に、珠里は首を横に振った。

「未来のための医学校です」

「未来？」

「私一人が許可をもらっても、それでは未来につながりません。皇太后様のような理由で医師の診療を拒《こば》む婦人は、世の教えが変わらぬかぎり、これからもきっといらっしゃるでしょう。女はこの世の半分を占《し》める存在です。婦人が生きることができない世では、殿方《とのがた》もいずれ生きることができなくなるのではありませんか？」

まるで演説でもするように珠里は語った。ともすれば詰問《きつもん》ともとられかねない物言いに、碧翔は気圧されたようになる。唱堂と汪礼はもちろん、先ほどまであれだけ威勢がよかった莉香でさえ、息を殺すようにして二人のやりとりを見つめている。

しばし無言でいた碧翔だったが、やがてふっとこぼすように口許に笑みを浮かべた。

「お前は、それでも私にはひれ伏さないのだな」

やれやれというような口調に、珠里はきょとんとする。

そういえば太医長に教えを乞《こ》うたとき、そんなことを碧翔が言っていた。だがあのときは一方的にこちらがお願いする立場だったからなわけで――。

（でも、今回もお願いといえばお願いよね？）

だが頼むよりも、理解してほしいという思いのほうが強かった。だからまず筋を伝えるべきだと思ったのだ。ぐるぐると考えをめぐらす珠里の前で、碧翔は力強い口調で言った。

「とうぜんだ。国と民の未来を考えるのは、お前ではなく皇帝の仕事だ。義務を促すのに、懇願《こんがん》する必要はない」

ようやく珠里は、碧翔の意図を理解した。ようするに先ほどの発言は、皇帝に対する進言と受け止められてしまったのだ。もちろん珠里にはそんな不遜《ふそん》なつもりはなかった。

「いや、そ、そんなえらそうなことを言うつもりでは……」

あわてふためく珠里を無視して、碧翔は悠然《ゆうぜん》と言った。

「だが一理ある言い分だ」

「……………」

碧翔は一歩前に出ると、おもむろに腕を伸ばす。そして両の掌《てのひら》で、目を見開く珠里の頬《ほお》を挟むようにした。そうやって身動きを阻《はば》んで逃れられないようにし、碧翔はじっと珠里の目を見つめて言った。

「女達を救いたいか？」

珠里はまじまじと目を見開いた。まっすぐに自分を見つめる碧翔の視線は、まるで矢のように鋭い。逃げることもごまかすことも許さないという意志がびりびりと伝わる。その思いが珠里の心を震えさせた。

「はい」

視線をそらすことなく、はっきりと珠里は答えた。

食い入るように珠里を見つめていた碧翔は、しばし間をおいてから口を開いた。

「よい目をしている。冷静さと情熱を伴《ともな》う、心技がかみあう者の証《あかし》だな」

珠里は、その言葉の意味がとっさには分からなかった。

碧翔は珠里の頬から手を離すと、独り言のように言った。

「だが、未熟だ。そしてあまりにも若い。私と同じだ」

「………」

「戈中士。太医長を呼んでまいれ」

とつぜん命を受けた唱堂は、一礼して部屋を出ていった。

碧翔の意図が分からず、珠里はひどく混乱したまま彼を見つめつづけた。

よい目をしていると認めるような発言をしておきながら、未熟だとも否定した。そして自分と同じだとつづけた。

確かに碧翔は、十九歳という若さで皇帝という栄光と重責を担《にな》うことになった。威厳を持ってふるまっていても、未熟さを痛感することはあるのかもしれない。

唱堂が戻ってくるまで、その場に残っていた三人は誰も口を利《き》かなかった。珠里と莉香の諍《いさか》いからはじまったはずなのに、いつのまにか挑む相手は碧翔になっていた。

やがて唱堂が太医長を連れて戻ってきた。経緯を唱堂から聞いていたのか、珠里の姿を目にとめるなり、とんでもない悪童に遭遇《そうぐう》したような表情をした。冗談ではなく本当に自分のせいで白髪が増えてしまいそうだと珠里は思った。

いっぽう碧翔は太医長の顔を見るなり、まるで宣言でもするように命じた。

「太医長。この范珠里を責任持って指導し、一人前の医者とせよ」

藪《やぶ》から棒の命令にもかかわらず、太医長は驚きも不満も見せなかった。やはり唱堂からある程度のことは聞いているようだ。

それでも一応、確認するように問う。

「本当にこの娘を、女医になさるのですか？」

「そうだ。この者にはこの世の未来がかかっている」

大仰《おおぎょう》な言葉に太医長は目を白黒させる。もちろん横で聞いていた珠里も驚いた。女医になりたいとは言ったが、未来のためには自分だけではいけないと言っただけだ。

「陛下、それは――」

「お前がやるんだ」

真意を問おうとした珠里の言葉を、碧翔は短い命令で遮《さえぎ》った。

「やる？」

反射的に語尾を反復した珠里に、碧翔は大きくうなずいた。

「まず、お前が誰よりも立派な医者になれ。そして己の心技が熟したときに、その手で後進を育て、未来を創るのだ」

# 第四章

午前のうちに皇太后《こうたいごう》を訪ねたあと、珠里《しゅり》は医官局の書庫に足を伸ばした。

碧翔《へきしょう》の命令以降、それまで比較的余裕があった生活が激変した。というのも珠里を一人前の医師にするという使命を押しつけられた太《たい》医長が、ものすごい量の課題を課してくるようになったからだ。

本来であれば城外に住む珠里が、皇太后の治療が終わったあとはいかにして太医長のもとで医師としての修練を積んでゆくのか。そのあたりはこれから考えるとのことだが、基本的な知識としていまできることはすべて学んでおけと命じられたのだった。

これは本格的に都で下宿をする準備をはじめなくてはならないかも、と珠里は考えた。鶏《にわとり》と薬草畑は人に預けるとして、父が集めたあの大量の書物を運ぶのはさぞ労苦だろう。想像しただけで気が滅《め》入《い》りそうになった。

もろもろ考えながら出入り口まで来ると、金属製の扉が音をたてて開き、中から紫の袍《ほう》を着た男が現れた。五十歳前後で、痩《や》せ形の体躯《たいく》に酷薄《こくはく》そうな面差《おもざ》しをした人物だった。

ちなみに大士《だいし》と呼ばれる上級官吏《かんり》の袍は紫で、中士《ちゅうし》が緑、もっとも低い少士《しょうし》は赤となっている。加えてもうひとつ、水色は太学《たいがく》の学生のための袍なのだという。

紫の袍を着ているこの人物は、かなり高位の医官にちがいない。どこから見ても目上の相手に、珠里は両手を重ねて揖礼《ゆうれい》をする。しかし顔をあげると、医官は冷ややかな目差《まなざ》しで珠里を見下ろしていた。

（？）

初対面の、名も知らぬ相手の反応に珠里は動じる。唱堂《しょうどう》にも話したように、医官達はみな友好的で親切だった。初日に会ったあの二人以外の医官から、こんな敵意をむけられたのははじめてだった。しかも相手は前とちがって位も高そうである。

（私、なにかした？）

ちょいちょい失礼だと評される己の行いを顧《かえり》みてみるが、どう考えても思い当たらない。そもそも初対面で口も利いてもいない相手に、いくら珠里でも失礼を働けるはずがない。

緊張しつつ反応をうかがっていると、医官は露骨に舌を鳴らした。鋭い音に、珠里は差しだした手を鞭《むち》で打たれたような気がした。

「……女が小賢《こざか》しい」

吐き捨てるように言われた言葉は、焼《や》け火箸《ひばし》のようだった。心に突き刺さり、傷口を火のように熱くする。

珠里はぐっと息を詰め、正面に立つ医官をにらみつける。対して彼は一瞬動じたような反応を見せたが、すぐに威嚇《いかく》するように問いかける。

「お前が皇太后様の治療にあたっているという娘か？」

最初から分かっていることのように医官は訊いた。珠里は返事をする代わりに医官の目を見据えた。だいたいそんなことは嫌みを言う前に確認すべきだろう。

不遜《ふそん》とも取れる珠里の態度に医官はこめかみを引きつらせ、あげく当人である確認もとらないままがなりたてた。

「お前のような小娘が皇太后様の治療にあたりおって、もし快癒《かいゆ》を得られなければいかようにして責任を取るつもりだ！」

恫喝《どうかつ》めいた問いに、臆することなく珠里は答えた。

「それは私が決めることではございません。私は処分を甘んじて受けるのみです」

そもそも罰を受けること自体が理不尽だと思うが、処分の内容にかんして自分がとやかく言うことはできない。ただひとつはっきりしていることは、その理不尽な条件と引き換えにすれば、女医への道を歩む可能性が拓けるのだ。

大袈裟《おおげさ》ではなく、そのためなら生命をかけても惜しくない。このまま後悔《こうかい》と罪悪感、もどかしさを抱えたままで生きるのなら、生命をかけてでも自分の夢を叶えたいと願った。

二人はたがいに少しも引くことなくにらみあう。やがて医官はふたたび舌を鳴らした。

「その言葉、忘れるでないぞ！」

吐き捨てるように言うと、医官は珠里の横を通り過ぎていった。

珠里は扉の前にたたずみ、自分の内側にある感情が行き過ぎるのを待った。しかし一度点いた火を消すことは容易ではなく、無理矢理抑えこむことしかできなかった。

なんとか冷静さを取り戻し、開け放たれたままの扉をくぐる。

奥に進み、太医長が出した課題を片づけるのに、参考になりそうな書物を物色しはじめた。何度も出入りしているのである程度の配置は覚えていたが、いかんせん量が膨大《ぼうだい》だ。それに高いところにある書物は、台を使わなければ届かないので手間がかかる。極端に高い所に収めてあるものは、一般的に実用頻度《ひんど》が低いものが多いが、普通の男性なら簡単に手に届く範囲の棚《たな》も女子である珠里には届かないのだ。

人気《ひとけ》のない書庫を見回り、珠里は手の届かない位置に目的の書物を見つけた。

「えっと、確か台は……」

ぐるりとあたりを見回し、珠里は首を傾《かし》げる。いつも所定の位置にあるはずの踏み台が、今日にかぎっては見当たらなかったのだ。

「なんだろう、誰かが動かしたのかな？」

いくつかの書架の陰を探してみるが、見当たらない。

「おかしいなあ。昨日来たときはあったのに」

ぶつぶつ言いながら、書架や卓子《たくし》の周りを探してみる。そのとき出入り口のほうでぱたりと扉の閉じる音がした。太医長からの指導を守って、珠里は調剤室や書庫ではかならず扉を開けたままにしている。誰かが中にいることを知らずに閉じたのか、あるいは風のせいだろうか。

——でも、そんな強い風は吹いていなかったけど。

耐火性を考えた金属の扉はずっしりと重厚で、些細《ささい》な風ごときで閉ざされるものとは思えなかった。珠里は台を探すことを中断して、扉を開きに戻った。

「やっぱり閉まっている」

扉を押し開こうとして、それが思いのほか固いことに気づく。

「あれ？」

二度三度押してみるが、びくりとも動かない。何度か繰り返し、どうやら鍵《かぎ》がかかっているらしいことに気がついた。

「嘘、なんで？　まだ昼間なのに……」

閉館は日が暮れてからだと、唱堂から聞いていた。あるいはなにか特別の事情があってのことなのか。もしかしたら医官局では周知のことで、部外者である珠里が知らされていなかっただけなのかもしれない。

珠里はどんどんと扉を蹴《け》り飛ばした。行儀《ぎょうぎ》は悪いが、手で叩きつづけては痛いうえに怪我《けが》をしかねない。もとより鍵のかかった扉を蹴り開けられるとは思っていない。目的は音をたてることで誰かに気づいてもらうことだった。

「誰か開けて！　まだ中にいます」

可能なかぎり大声で力いっぱい蹴り上げるが、扉のむこうに反応はなかった。

次第に疲れてきて、諦めて蹴るのを止めた。どのみち調べ物に来たのだから、しばらくはここで過ごすつもりだったのだ。そのうち誰かが入ってくるだろう。そう開き直って扉に背をむけて引き返そうとしたときだ。

（そういえば台は？）

昨日まではあった踏み台が、いまは影も形もない。おまけにそんな時間でもないのに、とつぜん扉が閉ざされた。不自然な出来事が二つも重なったことに気づいた瞬間、胸にすっと冷たいものが落ちたような気がした。

（まさかっ！）

珠里は踵《きびす》を返し、扉をふたたび蹴り上げた。

「ちょっと、開けて！　開けなさいってば！」

偶然とは考えられない、明確な悪意を感じた。誰かが自分を陥《おとしい》れようとしている。誰が？　よもや先ほどの医官ではないか？　だが、あまりにも安直すぎる。真っ先に疑われることが目に見えている。では他に自分を疎《うと》んじている人間といえば、例の降格させられた医官達かあるいは——。

（長公主様《ちょうこうしゅ》？）

冷静な状態であれば、証拠もないのに疑ってかかるなどためらったのだろうが、混乱のあまり良識的な判断を失ってしまっていた。

「やめて、冗談はやめてください！」

相手の地位を思うと、こんなときでも自然と言葉づかいが変わる。

必死の思いで蹴りつづけ、さすがに力が抜けはじめた頃だった。

「うるさい！　少しおとなしくしていないと、外から火をかけるわよ」

おそろしく物騒な言葉に、珠里はびくりと身を震わせる。その声に聞き覚えはあったが、自分の思惑を考えれば〝まさか〟と思った。

「ち、長公主様？」

「だったら、どうなの？」

がたがたと閂《かんぬき》を外す音がして、少ししてから扉が開いた。

ざっと差し込んできた光を背に立っていたのは、あんのじょう莉香《りか》だった。まさかの本人の登場に珠里はしばし呆然《ぼうぜん》とする。

「だから帰れって言ったのよ！」

珠里の顔を見るなり、莉香は怒鳴りつけた。思わず身をすくませた珠里だが、それでも礼は言わなくてはとぺこりと頭を下げる。なにしろ犯人が彼女だと決まったわけではない。

「ありがとうございました。助かりました」

「馬鹿みたい。錠《じょう》もかかっていないのに、あんなに騒いで」

けんもほろろに言うと、莉香は腕の長さほどの細い閂を弄《もてあそ》ぶようにくるりと一回転させた。

どうやら閂は鎹《かすがい》に差し込まれていただけで、それを固定する錠まではかかっていなかったようだ。それならば外からは簡単に外せるから、莉香からすれば確かに〝馬鹿みたい〟な騒ぎようだったのだろう。しかし内側にいる人間はそういうわけにもいかないのだ。

そもそも閂を嵌《は》めた人間が莉香ではないかという疑いは消えていない。確かに助けてくれたのは莉香だが、悪ふざけで珠里があわてふためく姿に満足したということも考えられる。

不満と疑いを抱いたまま憮然《ぶぜん》とする珠里に、莉香はなぜか気まずげに言う。

「なんだ。お前一人だったのね」

「？」

なにをとつぜんと思ったが、莉香はさらりと話題を変えた。

「気をつけるのね。扉の前で緑の袍《ほう》を着た医官達がげらげら笑っていたわよ。私の姿を見るなり飛んで逃げていったけどね」

「…………」

嫌がらせそのものにもだが、緑の袍という言葉に珠里はさらに衝撃を受けた。なにかとからんできたあの二人の医官は、降格されて赤の袍になっていたはずだ。もちろん紫の袍を着たあの医官ともちがう。

つまり嫌がらせをした医官は、彼等とは別人ということになる。

「どうして？」

「は!?」

「だ、だって、私がここで会った医官の方達はみなさん親切でしたし…………」

うろたえつつ答えた珠里に、莉香は刺々《とげとげ》しく応じる。

「それはお前のことを、自分達より下だと思っていたからよ」

「…………」

「ちょっとくらいちやほやされたからって、なにをいい気になっているのよ。男なんて大抵はそんなものよ。自分より下だから、自分に逆らわない相手だから女に優しくするのよ。ところがお前はどうやら本気で女医になりたいらしい。しかもそれを皇帝に直訴《じきそ》した。女の分際で男と同じ地位に立とうとするなんて、そんな生意気な女は是が非でもこらしめてやらねばなるまいってなるに決まっているでしょ。こうなったときの男の陰湿さは、後宮の女に勝るとも劣らないものよ」

そんなことも気づかなかったのか？　とばかりに莉香は嘲《あざけ》る。しかし珠里は莉香に立腹するより、妙に説得力のある説明に納得していた。そういえば医官達が親切だと言ったとき、唱堂が釈然としない顔をしていた。あれは彼が同僚達の本心に気づいていたからだったのか。

（なるほど……）

言い知れぬ悔《くや》しさと同時に怒りが込みあげる。よし。そっちがそのつもりなら、こっちだってそのつもりで身構えてやる。ひるむことはない。私は皇帝から〝勅《ちょく》〟を受けたのだ。すでに自分一人の問題ではなくなっている。誰よりも立派な医者になって後進を育てることは、かならず果たさなければならない私の責務となったのだ。

一方的にまくしたてていた莉香だったが、あまりにも珠里がなにも言わないのでさすがに一度口をつぐんだ。

「なにをこれぐらいで動じているのよ」

いくぶん口調を穏やかにして莉香は言った。

「覚悟しておくのね。お母様がよくならなかったら、あの者達はここぞとばかりにお前に責任をなすりつけて、追い出そうとするわよ。つい最近までみんなして、原因は私だって断定していたくせにね。まあ、実際そうなんだろうけど」

自嘲《じちょう》的な笑みをこぼした莉香を、珠里はあらためて見つめる。

本当に口が悪い人だ。誰にでも彼にでも尖って当たって、相手を傷つけるために妙な方向に努力をしている。

だけど、それがすごくぎこちない。無理をしている感じが伝わってくる。

おそらくこの人は、意図的に人を傷つけることに慣れているわけではないのだろう。

我《わ》が儘《まま》だが意地の悪い人ではなかった、という唱堂の言葉を思いだす。

そうなのだろう、きっと。だってこの人は医官達がげらげら笑っている中、閉じ込められた私を助けてくれた。申し訳ないことに、私は真っ先にこの人を疑ってしまったというのに。

「でも皇太后《こうたいごう》様の心因は、長公主様だけではないと思います」

唐突《とうとつ》な珠里の発言に、莉香は目を円くした。

「色々と、無理をなさっておいでなのではと思うのです」

「無理って、なにを？」

短い言葉で問うた莉香に、珠里は答える。

「だっていくら皇貴妃《こうきひ》という立場にあるからといって、実の娘を里子に出して恋敵《こいがたき》の子供を育てるなんて、普通の女なら納得できませんよ」

あのあと宮女に尋ねてみると、碧翔と皇太后の親子関係は、別に隠し事ではなく公然のことであった。

碧翔の母親は正式な妃嬪《ひひん》ではなく、皇太后付きの宮女の一人だったのだそうだ。表現は悪いが皇太后からすれば、まさに飼い犬に手を噛《か》まれたようなものだ。

幸か不幸かその宮女は早くに亡くなり、彼女の主人だった皇太后が碧翔を猶子《ゆうし》として引き取ったのだという。皇貴妃という筆頭の妃《きさき》ゆえの責務もだが、なにより皇太后の実家がそれを強く勧めたのだという。結果論だが碧翔は後にも先にも先帝唯一の男児だったので、他の妃が猶母《ゆうぼ》になりでもしたら権勢がそちらに動きかねなかった。

皇太后が生《な》さぬ仲の子をどのように育てたのかは、碧翔の敬愛ぶりや周りの称賛から、当時を知らない珠里にも簡単に想像ができた。きっとわが子にも勝る献身ぶりだったのだろう。

しかしそのあまりにも完璧《かんぺき》な婦人としての姿に、珠里は尊敬の念より違和感を覚えたのだ。

「以前にも申し上げましたが、病の原因を心因だけに求めることはできません。ですがやはり心と身体《からだ》は相互に影響しあいます。少なくとも私は、その件は皇太后様の長年のご負担になっていたと思っています」

もちろんいまの莉香の態度にも、皇太后は心を痛めているだろう。実際、莉香が戻ってきた頃から皇太后の体調は悪くなったと聞いている。もし皇太后が、毒の件を疑っているのならなおさらだ。

だがそれだけではなく、むしろ長年心を押し殺しつづけてきたことのほうが、皇太后の心身には大きな影響を与えているのではないかと珠里は考えたのだ。だからこそ心身は弱り、そこに帰郷してきた莉香のふるまいが追い打ちをかけた。

切々と訴える珠里の話を、莉香はしばしぽかんとして聞いていた。

やがて彼女はくすっとこぼすように笑った。

「へえ、お前は意外と分かっているのね」

その物言いに珠里は驚く。これまでであれば嘲るようであった物言いが、からかうようでどこか温かみすら感じるものだったからだ。

おそらく莉香には無意識のことだったのだろう。彼女はいつのまにか、珠里にむける目《ま》差《な》しを少しだけ和《やわ》らげていた。

「私もそう思うわ」

はじめて莉香から賛同を得たことに、珠里はまた驚いた。

「負け惜しみじゃなくてね――」

莉香はさらにつづけた。

「私は西洲《せいしゅう》にやられて幸いだったわ。お母様のような人生はきっと耐えられない」

せいせいしたというように莉香は言った。それは珠里も同意だったが、皇太后は耐えられたわけではなく耐えるしかなかったのだろうとも思い直していた。それが婦人の鑑《かがみ》とさればされるだけ、彼女は自分の誇りのために理想的な婦人としてふるまわなければならなかった。

「でも皇太后様も、お辛《つら》かったのだと思いますよ」

なだめるように珠里は言った。

「苦労に耐えられるからといって、その人が辛くないという理由にはなりませんから」

あらゆる困難に耐えうる強い精神を持つ人間と、些細《ささい》なことで崩れてしまう脆《もろ》い精神しか持たぬ人間は双方存在する。だけど耐えうる人の心が金剛石《こんごうせき》のように傷すらつかないなど、誰が断言できるのだろう。石は傷をつけたままでも、その形を崩すことがないのだから。

珠里の言葉を、莉香はなにか思うような表情で黙って聞いていた。その意図は分からなかったが、いつものように声高に反論してくることはなかった。

珠里の話を聞き終えたあと、莉香はぽつりとこぼすように言った。

「だったらお母様も、いっそ後宮を出てしまえばよかったのよ」

口で言うのは簡単だが、当時皇貴妃の地位にあった皇太后にそんなことが許されるはずもなかっただろう。そもそも莉香とちがって、それが婦人としてあるべき姿だという教育を受けてきた皇太后を、いきなりそんな自由な環境下においても混乱して別の負担がかかってしまいかねない。

それでも独り言のような莉香のいまの言葉に、珠里は彼女の心の奥底にある、色々と言葉で表現しきれない複雑な心情を感じ取った。

きっと莉香は、唱堂が言った通りの人なのだろう。そしてまわりが思っているほどには、母親を憎んではいないのではないか。だからこそいまの母の状態を慮《おもんぱか》って、後宮を出てしまえばよかったなどと言ったのだろう。文句ばかり言いながら、それでも連日母のもとを訪ねているのはその表れではないかと珠里は思った。

ひとつ息をついてから、莉香は自分の言葉に付け足すように言った。

「だって西の商人や遊牧民社会では、もう少し女を自由にしてくれるからね」

「ああ、そういえば唱堂さんもそうですよね」

珠里が彼の名をつぶやいたとたん、莉香の顔が真っ赤になった。

思わず目を疑う珠里の前で、莉香はさっと顔をそらす。

(え、な、なに？　いまの)

まじまじと見つめる珠里の目の前に、莉香はぱっと腕を突き出した。

「この閂《かんぬき》は渡しておくわ。これがなければ、ひとまず閉じ込められる心配はないでしょ」

そう言って彼女は、先ほど弄《もてあそ》んでいた細い閂を手渡した。確かにこれがなければ錠《じょう》をかけることもできない。とはいえなにか別の棒を鎹《かすがい》に突っこまれたら、内側から開けることは困難にはなるのだが。

促されるまま珠里が門を受け取ると、莉香はぷいっと踵《きびす》を返して走り去っていった。

脱兎《だっと》のごとくみるみる遠ざかってゆく後ろ姿を、珠里は呆然《ぼうぜん》と見つめる。少しずつ思考がまとまりはじめ、それがひとつの答えを出す。

「まさか……」

思わず言葉がもれた。だがそうであれば大抵のことに合点《がてん》がゆく。およそ縁がなさそうな立場なのに、書庫や皇帝宮の調剤室を頻繁《ひんぱん》に訪れていた。そのたびに喧嘩腰《けんかごし》で珠里に突っかかってきた。初対面からそうだったのであまり不審に思わなかったが、考えてみれば二度目以降は唱堂が一緒にいた。

「長公主様……？」

なぜとつぜん西洲から戻ってきたのか分からないと、誰もが口を揃えて言っていた。

一拍置いてから、自然と思いついた言葉が口をつく。

「え、ひょっとして唱堂さんのことを？」

しばらく扉の前で立ち尽くしていると、やがて先のほうから足音が聞こえた。

次第に近づいてくるその人物は唱堂だった。彼は目線の先に珠里の姿を認めると、小走りに近寄ってきた。

「よかった、無事だったか」

胸をなでおろした唱堂に、珠里は即座に反応する。

「あいつら、なにか言っていましたか？」

「ご明察通りだ。籠《かご》をかぶせられた鶏《にわとり》みたいだとか言って笑い転げていた」

あんのじょうの唱堂の答えに、珠里はぐっと拳を握りしめる。

なんという意味のない意地悪なのだろう。珠里が女医になることで、彼等の地位を脅《おびや》かすというのならまだ分かる。だが、そんなはずはない。理由は単純に〝気に食わない〟ということだけだ。

「っとに、ケツの穴の小さい奴らね」

吐き捨てるようにもらした品のない言葉に、唱堂は聞こえないふりをしたようだった。

「それでなにをされた？」

「書庫に閉じ込められたのですが、長公主様が助けてくださいました」

「莉香様が？」

「静かにしないと外から火を点けると脅《おど》されましたが……」

物騒な言葉に唱堂は気まずげな面持《おもも》ちを浮かべ、次に「らしいな」と笑いをかみ殺しながら言った。おそらく宮女達であれば、閉じ込めた人間が莉香ではないかと疑うだろう。申し訳ないが珠里も最初はそう思った。

だが唱堂は、やはりこの反応なのだ。

皇太后の莉香への思いはあやふやにしか分からない。だから唱堂は、莉香の本質を知っている都城での唯一の人間なのだと珠里は思った。

「それと書庫に入る前に、気になる人に会ったのです」

珠里は舌打ちをした紫の袍《ほう》の医官の件を詳しく述べた。特徴を一、二点聞いただけで唱堂の表情はたちまち苦々しいものになっていった。

「どなたか心当たりがありますか？」

「おそらく医次長だ」

珠里は目を見張った。医次長とは医官局の次官で、ようするに太医長に次ぐ地位の官吏《かんり》だ。

偉そうな人だとは思ったが、やはりそうだった。

「……あれ、次官って？」

ふと思いついて、珠里は顔をむける。唱堂は苦々しげな面持ちのまままうなずく。

「私の入局を反対した、筆頭の方だ」

やはり、そうかと珠里は納得した。女であれ異民族であれ、異分子が入ることを徹底して嫌う。衣に染みが付くことのように嫌悪しているのは、異分子を汚れだと軽蔑《けいべつ》しているからだ。

「この件に、医次長もからんでいるのですか？」

唱堂はなんとも言えない表情を浮かべたが、すぐには答えなかった。もしそうだったとしても、相手が次官では抗議をすることもできないだろうが。

不満げな珠里に、なだめるように唱堂は言った。

「せめてそのときの状況を、莉香様に詳しく訊けるとよいのだがな……」

「唱堂さん。長公主様を説得してくれませんか？」

藪《やぶ》から棒な頼みに、唱堂は色素の薄い瞳を瞬かせた。

なにを言っているのだといわんばかりの彼に、かまわず珠里はつづける。

「唱堂さんがなにか言ってくれれば……いや、もしかしたら話を聞いてあげるだけでもいいのかもしれません。そうしたら公主様は、もっと素直に皇太后様に接することができると思うのです」

「そなた、なにを言っているんだ？　だいたい会いたいからといって私ごときが——」

「いや、分かりますよ。ためらうのは。確かに根は悪い人じゃないからといっても、我《わ》が儘《まま》であることはまちがいないし、口が悪くて依怙地《いこじ》で二十歳《はたち》にもなるのに十三、四歳の女の子みたいだから、説得っていっても簡単じゃないとは思います」

「……そなた、やっぱり失礼だな」

半ば脱力したように唱堂はつぶやいた。またやってしまったと珠里が慌てていると、唱堂は心持ち頰《ほお》を膨《ふく》らませた。

「確かにそうだが、あれで優しいところもあるんだぞ」

その反応にあれ？　と珠里は思った。唱堂にしてはものすごく珍しく、表情にあまり余裕がない。怒っているとまでは言わないが、どうも本気で不快に感じているようだ。

（これってもしかして、唱堂さんも？）

考えつくなり、珠里は唱堂の手を取った。

「唱堂さん、長公主様を探しに行きましょう！」

「は!?」

先ほどにも増して藪から棒な言動に、唱堂はますますたじろぐ。

「多分そのあたりを未練がましくうろついているに決まっていますよ。ここに来たのだって、私が唱堂さんと一緒にいると思って来たはずですから！」

一人だったのね、というあの気まずげな反応はそのためだ。珠里がどこにいるのかは、宮女にでも聞けば分かる。書庫に行ったというのなら、指導役の唱堂が一緒にいる可能性は高いと思ったのだろう。半年前にとつぜん宮城《きゅうじょう》に戻ってきたのだって、ひょっとして唱堂が内城にいたことが呼び水になったのではあるまいか。母や弟に対する反発よりも、彼に会いたいという思いが強かったから――。

あいかわらず失礼な言葉を吐きながら進む珠里に、唱堂は訳が分からないという表情のまま引きずられてゆく。外院《そとにわ》を抜けて、門に通じる通路に出たときだ。それまでしぶしぶ従っていた唱堂の歩みがぴたりと止まった。必然珠里も足を止め、訝《いぶか》しげに彼を見上げる。珠里よりずいぶんと高い位置にある彼の目はずっと先にむけられている。反射的に視線を追うと、蒼鶯《かんおう》の照壁《しょうへき》の前に莉香が立っていた。

(うわ、本当にそのあたりをうろついていた！)

勢いで口にはしたが、まさかこんな近くにいるとは考えてもみなかった。実は宮城まで探しに行くことを覚悟していたのだ。

だが実際には、まだ医官局の中にいた。珠里が口を滑らした通り、未練がましくうろついていたというわけだ。

(どんだけ唱堂さんのことが好きなのよ！)

驚きは同じだったのか、あんのじょう二人は呆然と見つめあっている。その二人より先に珠里はわれに返り、自分の目的を思いだした。

「長公主様、唱堂さんがお話があるそうです！」

「おまっ……なにを！」

とうぜん抗議の声をあげる唱堂の手を離し、珠里は莉香の傍に近づいていった。目を白黒させる彼女に、この期に及んでの気遣いから声をひそめて言った。

「ご心配なく。私と唱堂さんはなんでもありませんから」

先ほどにも増して莉香の頬が真っ赤になる。しかし珠里は言うべきことだけ告げると、あとは二人でとばかりに月下氷人《げっかひょうじん》よろしく立ち去った。


その晩、部屋で自習をしていると、数冊の冊子を抱えて唱堂が訪ねてきた。

彼の顔を見るなり、珠里は椅子《いす》から立ち上がった。

「長公主様、どうでした？」

「どうもこうも………」

だしぬけの問いに、なかば呆《あき》れたようにつぶやきながら唱堂はとりあえず机の上に冊子を置いた。そしてはやりながら答えを待つ珠里に、牽制《けんせい》するような一瞥《いちべつ》をくれる。

「長々と不満を聞いて差し上げただけだ。あと少しは昔話もしたが………」

「それでいいんですよ！」

わが意を得たりとばかり、珠里は得意げに声をあげた。

「ああいうときは色々言わずに、黙って聞いてあげればいいんですよ。それを世の男はやたら理詰めで説教したがるからいけないんです」

「………そなた、私に莉香様を説得しろと言わなかったか？」

「さすが唱堂さんですね。それで他には、なにか？」

控え目な唱堂の突っ込みを無視して、珠里は目をきらきらさせる。まるで艶聞《えんぶん》を聞くかのような反応に、唱堂はあからさまにうんざりして答えた。

「別になにもない。話すだけ話されたらすっきりなされたようで帰っていかれた」

それでいいのだと鼻高々で言おうとしたが、先に唱堂が机に置いた冊子を指差した。きょとんとする珠里に、言い含めるように唱堂は言った。

「持ち出しに太医長の許可を得た。他に必要なものがあれば私に伝えろ。とうぶんは書庫に行かずにここで学んだほうがいい」

それまで浮かれていた珠里の表情がたちまち強張《こわば》る。書庫には来ないほうがよい。つまり昼間のような出来事が、今後も起こりうるという意味だ。

唱堂の善意が、逆に医官達の間に広がる悪意をまざまざと感じさせる。

「あまり目に余るときは太医長に告げることもできるが、前のように医官局の管理体制を問われるような事態ならともかく、個人間のいざこざでは、よほどひどいものでもないかぎり公《おおやけ》の処分は難しい」

唱堂の説明に、珠里は腹立たしいながらも納得した。太医長は立派な人だが、あの立場の人にこの程度のいやがらせをいちいち訴えるわけにいかない。そもそももっと下位の上官だっているのに、いきなり最高位の太医長が出てくるということは、この件にかんして他の上官が当てにならないということだ。

その筆頭は、おそらくあの医次長だろう。

「――分かりました」

短く珠里が答えると、唱堂は申し訳なさそうにうなずいた。

「なにかあったら、すぐに相談しろよ」

「ありがとうございます。でも変な誤解をされないように、長公主様にはちゃんとお話ししておいてくださいね」

「そなた、なにを言っているんだ」

「なにを言っているって、唱堂さんも女心が分からない人ですね」

「はあ？　あのな……」

珠里の言葉に唱堂は何事か反論しかけたが、言葉が途切れたように口をつぐんだ。そしてひとつ息をつくと「とにかく気をつけろよ」とだけ言って立ち去っていった。

扉まで行って彼を見送りながら、珠里は自分に誓っていた。

（こうなったらなにがあっても女医になって、あいつらの鼻をあかしてやるんだから）


翌日の朝、珠里はいつもの時刻に起き上がることができなかった。というのも太医長の課題があまりにも膨大《ぼうだい》で、それを片づけるのに夜更け過ぎまでかかってしまったからだ。

未練がましく布団の中でぐずぐずしていると、いきなり掛布を引き剝《は》がされた。

「なにをいつまでぐだぐだ寝ているの！」

忘れようのない横柄な声音《こわね》に、珠里は眠気も忘れて起き上がる。次の瞬間、声の主の姿に目を見張った。

「ち、長公主様。なんですか、その格好は？」

傍若無人《ぼうじゃくぶじん》にも人の寝室に断りもなく入って来た莉香は、いつもの胡服《こふく》ではなく海のような色の大袖衫《おおそでさん》をまとっていて、その姿はもうびっくりするほどに美しかった。胡服姿ももちろん美しいが、やはり母親似の彼女の容姿からこちらのほうがずっと似合っているように思う。

（ようするに、美人はなんでも似合うということか……）

迫力さえ感じさせる圧倒的な美貌《びぼう》である。こんな無法な人間なのに、人は見た目では分からないと悪い方向でつくづく思う。

「別にいいでしょ。それより行くから、お前もさっさと着替えなさい」

「はあ？」

意図が分からないまま、あいかわらずの横暴ぶりに抗議するように声をあげる。

「行くって、どこにですか？」

「お母様のところよ」

珠里は目をぱちくりさせる。莉香が皇太后《こうたいごう》のもとを訪れることは珍しいことではない。たびたび厳しい言葉を浴びせていたとはいうが、毎日のように顔を見せてはいたと聞いている。だが大袖衫をまとい珠里に付き添いを命じるというのは、あきらかにこれまでとはちがう。

「長公主様、とうとう心を入れ替えたのですか？」

「……お前、唱堂も陛下も言っていたけど本当に失礼ね」

「すみません。どうやらそのようですね。実はあまり自覚はないのですが……」

ぽりぽりと寝癖《ねぐせ》のついた髪を掻《か》き毟《むし》る珠里に、莉香は塩水でも飲んだような表情をした。

彼女は気持ちを落ちつかせるようにひとつ息をつくと、珠里の目前にぐっとなにかを突き出した。

「え？」

珠里はふたたび目を瞬かせる。莉香が握りしめていたものは、薄紫の藤《ふじ》の花房《はなぶさ》を模《かたど》った精緻《せいち》な歩揺《ほよう》が付いた簪《かんざし》だった。

「お前にあげるから、それでさっさとそのぼさぼさ髪を結っていらっしゃい」

「え、いくら私だって髪を結う道具くらい持っています……」

「いいから、とにかく顔を洗って着替えてきなさい」

問答無用に簪を押しつけられ、珠里はしぶしぶ寝台を降りる。居間で待っているからさっさとしなさい、そう一方的に言いつけて莉香は寝室を出ていった。

「どうだろう、あの暴君ぶり……」

ぶつぶつ言いながら、珠里は身支度《みじたく》をはじめる。自分から勧めておいて言うのもなんだが、あれでは唱堂もさぞ苦労するだろう。公主という立場の莉香と一医官に過ぎない唱堂がどのような形で結ばれるのかは分からないけれど。

顔を洗って着替え、渡された簪で髪を巻き上げようとしてからふと思いつく。

「そういえば、あげるって言ったわよね」

簪は若い女性向けの、とても可愛《かわい》らしい細工だった。これ見よがしに豪奢《ごうしゃ》な作りではないので普段使いにできそうだが、手の込んだ細工から安物ではないことは歴然としている。

「え、これひょっとしてお礼？」

珠里はあらためて、米粒のような小さな造花を組み合わせて作った藤の花を見る。糸のように細い銀鎖《ぎんさ》をからませてあり、動かすたびにしゃらしゃらと音が鳴る。昨日の今日だから新調した物ではないのだろうが、丁寧《ていねい》に磨《みが》き抜かれていた。そのことに気づいて、珠里は心が少し温かくなった気がした。

「まずい。不覚にも可愛く思えてきた」

苦笑交じりにつぶやき、髪をまとめあげる。

居間に出ると、宮女が提供したであろう茶をすすっていた莉香は素早く立ち上がった。

「さ、いくわよ」

朝御飯とまでは言わないが、お茶の一杯くらい飲みたい。などと言ったら、きっと癇《かん》癪《しゃく》を起こすだろう。せつなく鳴くお腹を押さえ、珠里は莉香と連れ立って皇太后宮にむかった。ずんずんと歩廊《ほろう》を進む莉香は、早足でおまけに長身なので歩幅が広い。おかげで珠里はかなりの急ぎ足となる。

（すごい。陛下とそっくり。あんなに仲が悪いのに、やっぱり姉弟）

それでも男女の差があるので、碧翔のときほど必死にはならずにすんだのだが。

半歩後ろからついていっているさなか、とつぜん莉香が切り出した。

「昨日、唱堂から言われたのよ」

「え？」

莉香はぴたりと足を止めた。半歩進んで、珠里は横並びになった。

「お母様に色々言いにくいのならなにも言わなくてもいいから、私が西洲で幸せに過ごしていたということだけ教えてさしあげなさいって」

「…………」

「あの人、それだけで十分だからって言うのよ」

「私もそう思います」

珠里は声をあげた。もちろん莉香には、自分を里子に出した母親をあれやこれや責めたい気持ちがあるだろう。だが同時に母親の事情を慮《おもんぱか》ってやれないことを、申し訳なく思う気持ちもあるような気がした。そんな相反する思いを同時に伝えるには、言葉を尽くして語るよりも唱堂の勧めた一言のほうがより効果的だと思った。

自分は幸せに暮らしていたから、心配しなくてもいい。

あなたがいなくても、どうだ幸せだったのだ。そんな二つの思いを、一言で伝えられる。

「唱堂さん、すごいですね」

珠里の一言に、莉香は少し照れたように口許《くちもと》をほころばせた。

「だから、そうしようと思って」

「ええ、そうしてください。それだけでいいですよ。自分で考えたってどうせ余計なことを言うだけなんですから、唱堂さんの言う通りにしましょう」

どさくさ紛《まぎ》れにふたたび失言を放った珠里に、莉香は半眼《はんがん》になる。当の珠里は無自覚なので晴れ晴れと笑っているだけだった。その反応に莉香は怒るよりも呆《あき》れかえった表情を浮かべたが、すぐに気を取り直して言った。

「そのつもりでいるから、もし私が余計なことを言ったらお前が責任を持って止めなさい」

「はぁ？」

頓狂《とんきょう》な声をあげた珠里にかまわず、莉香はさっさと歩きはじめた。あわてて追いかけながらも珠里は彼女の横に並ぶようにして訴える。

「ち、ちょっと待ってください。どうして私が責任を──」

「お前が蒔《ま》いた種でしょ」

蒔いた種というのは一般的に苦境を作りだしたときに使う言葉で、この場合はせめて背中を押したと言ってほしいと珠里は思った。

「種を蒔いたのは、私ではなく唱堂さんじゃないですか」

「唱堂は皇太后宮には入れないでしょ」

確かにその通りだが、だからといってなんで私なんだと不満に思っている間に皇太后宮についた。いつも朗《ほが》らかに出迎えてくれる顔馴染《なじ》みの宮女が、珍しい組み合わせにぎょっとした表情をする。莉香を嫌いぬいている宮女達からすれば、歓迎すべき客と招かれざる客が同時にやってきたというところだろう。

宮女はどういうことだと抗議するように珠里を見るが、珠里も答えようがない。

「お母様、朝食は終わったの？」

「は、はい。ですが今朝はことのほか、お加減が……」

「ならちょうどよかったわ。珠里、お前ようすを診《み》てあげなさいよ」

ひとまず牽制《けんせい》を試みた宮女を一言でいなすと、莉香はずいっと奥に進んだ。こうなると一介《いっかい》の宮女には止めようがない。不安げな彼女に珠里は〝大丈夫だから〟と目配せをする。

とはいえ珠里も一抹《いちまつ》の不安は拭《ぬぐ》えなかった。余計なことを言いそうになったら止めるように言われたが、癇癪を起こした莉香を抑えられる自信ははっきり言ってなかった。

象嵌《ぞうがん》細工の間仕切り扉を開き、居間に入る。

皇太后は長椅子《ながいす》に腰を下ろし、白い碗《わん》で茶をすすっていた。大袖衫を着た莉香の登場には、むしろ側付きの永琳《えいりん》が目を円くする。いっぽう皇太后は同じように驚いた顔をしたが、すぐにその憂《うれ》いを帯びた目を細めた。

「おはよう、公主。その装《よそお》いはどうしたの？　とてもお似合いよ」

「覚えていらっしゃらないの？　お母様が昔、西洲に贈ってくださったものよ」

皇太后は目を見張って莉香を見つめた。対して莉香は気まずげな面持《おもも》ちのまま、頰《ほお》を赤くしてそっぽをむいてしまう。たちまち永琳が不安と苛立《いらだ》ちを交えた表情を浮かべる。

ああ、まずい……そう珠里は思った。自分に敵意を持つ相手の視線があっては、莉香の性格では突っ張って、素直に言葉を告げることができなくなってしまうかもしれない。

珠里は永琳の袖口《そでぐち》をがばっとつかんだ。

「永琳さん。あちらで方剤《ほうざい》を煎《せん》じるのを手伝ってくれませんか」

「はあ？　なによ、とつぜん」

唐突《とうとつ》な依頼に、永琳はなかば怒った顔で文句を言う。そりゃあいま思いついたのだから、とつぜんなのはあたり前だ。しかも方剤を作るのは珠里の仕事だが、煎じる作業はこれまで宮女達に任せきりだったのだから、いまさらこんなふうに言っても疑われるに決まっている。

もちろん見届けるように言った莉香も抗議の目差《まなざ》しをむける。怒った彼女が乱暴な言葉を発してこの場を台なしにする前に、珠里は誰にともなく言った。

「声が聞こえる場所におります。なにかございましたら、大きな声でお呼びください」

つまり莉香が暴言を吐けば、すぐに駆けつけて止めるという意味だ。

莉香も宮女も、珠里の意図に気づいたような表情をする。

「永琳、珠里を手伝ってやりなさい」

それまで黙っていた皇太后が物静かに言った。莉香も敢《あ》えて不服を言うことはなかった。莉香と皇太后の二人に自分の真意が伝わったらしいことに、珠里はほっと胸をなでおろす。

皇太后に命じられては拒否する術《すべ》もなく、永琳は珠里に連れられて間仕切りのむこうに引っ込んだ。隣部屋といっても居間自体が広いので、普通に話していれば会話は聞こえない。それでもなにか叫んだりすれば聞こえるから、そのときは駆けつけられるという算段だ。もっとも皇太后が大声をだす可能性は低いから、あるとしたら莉香の癇癪だろうが。

しかし間仕切りを閉ざすやいなや、永琳は回廊《かいろう》に通じる扉を開いた。

「どこに行くのですか？」

「傍観《ぼうかん》なんてできるはずがないでしょ」

そう言って外に出た永琳を、珠里は急いで追った。

回廊を抜けて行きついたのは、正房《せいぼう》と側房の狭間《はざま》にある小さな院子《にわ》であった。隅に一本だけ植えられた細長い葉を茂らせた夾竹桃《きょうちくとう》の木が、紅《くれない》色の蕾《つぼみ》を二つ、三つほころばせている。

見ると正房の窓に面しており、季節がら開け放たれたそこに永琳は足早に近づいてゆく。もしやとあとにつづいた珠里は、窓の先に皇太后と莉香の姿を見つけて納得した。しかもわりと近い。

「すごいですね、永琳さん。ここだったら中のやりとりも聞こえるし、いざとなったらここから部屋に飛び込めるという算段ですね」

珠里は耳打ちした。中の人のやりとりが聞こえるということは、こちらの声もむこうに聞こえるということなのだ。

しかし永琳は、しかめ面《つら》で否定した。

「いくらなんでも婦人が、こんな場所から部屋の中に入れるわけがないでしょ」

実家では玄関まで迂回《うかい》するのが面倒なときにたまにやっていたのだが、さすがに宮城《きゅうじょう》でそれはないようだ。そんなものかと思い直す珠里に、永琳はささやいた。

「あんたのおかげで、皇太后様は窓が開けられるようになったのよ」

「え?」

「以前は初夏だというのに、窓を開けると寒いとおっしゃっていたからね」

永琳の瞳からは珠里に対する信頼が見て取れた。

自分の診立てがまちがっていないことは、もはや珠里も確信している。あとは根気よくようすを見てゆき、状況によっては処方を変えるという幅を持たせればよい。毒に対する懸念《けねん》も、状態がよくなってくれば自然となくなってゆくだろう。

（長公主様とのやりとりが、よい方向に働いてくれればいいけど……）

病状から考えて皇太后に毒が盛られていた可能性は低い。仮にそうだとしても、莉香が犯人ということはありえない。彼女はそんな人間ではない。そんな疑念がなくなるだけでも、ずいぶんと気持ちは変わるにちがいない。

珠里は永琳とむきあって窓枠《まどわく》の両端に立ち、中のようすをうかがった。

莉香は長椅子に座った皇太后を、小さな卓子《たくし》を挟んで見下ろすようにして立っていた。目上の人間、しかも母親に対してあるまじき態度に永琳はやきもきした表情をする。いまにも飛び込んでいきそうな気配に、珠里は唇の前で指をたててなんとか諫《いさ》める。

そのとき背後から、二人の間にすっと影が伸びてきた。

（？）

後ろをむいた珠里は、次の瞬間、目を疑った。

「へ……！」

そこに立っていたのは碧翔だった。しかし珠里が驚きの声をあげる前に、飛び掛かるようにして永琳が口をふさいだ。

（あ、危なかった……）

危うく叫びそうになった自分を、珠里はいたく反省する。この場で叫んで莉香達に知られてしまっては台なしだったので助かった。きりきりしているようで、さすが百戦錬磨《ひやくせんれんま》の宮女は肝《きも》が据わっている。

「陛下、いかがなさいましたか？」

まだ疑っているのか、珠里の口をふさいだまま永琳が問う。

「別の宮女から事情を聞いた。私もお二人のやりとりが気になるので来た」

簡潔に答えると、碧翔は同じように窓枠の陰に立つ。ようやく手を離してもらった珠里は永琳と並んでむかい側に立った。

「直接お訪ねにならなくともよろしいのですか？」

小声で永琳が尋ねると、碧翔は振り向きもせずに素っ気なく答えた。

「せっかくの母娘《ははこ》水入らずだ。邪魔をするのは忍びない」

そこで彼は一度言葉を切ると、あらためて言った。

「姉上もなにか思うところがあるのだろう」

おそらく碧翔は、莉香のようすがいつもとちがっていることを別の宮女から聞かされてきたのだろう。そうでもなければ、皇太后《こうたいごう》の身を案じて飛び込んでいっていただろうから。

　碧翔は落ちついているようではあったが、部屋のようすをうかがう目差しから不安げな色も感じ取れた。

「はい、多分大丈夫だと思います」

　はじめて珠里が口を開くと、碧翔は目配せするようにうなずく。

　一連の碧翔の反応に、珠里は彼の母娘に対する自責の念を感じた。

　皇太后が実の娘である莉香を碧翔のために里子に出したのだとしたら、彼が罪悪感を覚えることはとうぜんのなりゆきだ。とはいえ、庶民《しょみん》の常識から考えれば子育てのためにそこまでする必要があるとは思えない。それを敢えてしたのは、皇太后をはじめ当時の大人達の判断で碧翔に責任はない。そう考えると彼がこの件を気に病むのは気の毒にも思える。

「きっと大丈夫です。長公主様は、あれでけっこう可愛《かわい》い方なのですよ」

　励《はげ》ますようなつもりで珠里が告げると、碧翔は疑わしげな表情を浮かべる。それでもにこにこと笑う珠里に、なかば呆《あき》れたように笑みを漏《も》らす。その笑顔に珠里はほっとして、無意識のうちに微笑《ほほえ》み返していた。

「――これだけは言っておこうと思ったの」

　やや強張《こわば》った莉香の声が聞こえた。

珠里達の間ににわかに緊張が走り、揃って部屋の中に注目する。さすがに莉香の表情までは見えなかったが、彼女の声や立ち居ふるまいは確認することができた。

莉香は背筋を伸ばして、ひどく力が入ったような姿勢で語りつづける。

「私は西洲でなに不自由なく過ごしていたわ。里家《さといえ》の人はみな親切だったし、自由にさせてくれたわ。だから好きなときに外に出られたし、気のあう友人も何人かいた。彼女達と市《いち》にも祭りにも行ったし、時には観劇にも行ったの」

珠里からすればとうぜんの日常だが、永琳は露骨に眉《まゆ》を寄せた。後宮で暮らす彼女からすればそんな反応になるだろう。

対して皇太后は、特に動いたようすもない。顎《あご》をもたげ、ただゆったりと娘の姿を見上げているように映る。その姿は珠里に、晴着を着た娘に魅入《みい》っている母親を連想させた。

図らずも遠くに住まわせてしまった娘に、心をこめた美しい衣装を贈った皇太后の心境を想像して、珠里は二人がなんとか和解をしてくれるように願わずにはいられなかった。

「お母様はご存じないでしょうけど、西洲の市やお芝居は、色々な国の商人がいるからその者達を見ているだけでも面白いのよ。もし私がここで暮らしていたら、籠《かご》の鳥でそんなことはとうていできなかったわよね」

永琳の眉間《みけん》のしわがますます深くなる。確かに挑発に受け取られかねない発言だ。だがそんな部分があるからこそ、莉香は溜飲《りゅういん》を下げることができるのだ。そしてそれは彼女のような人間が誰かと折り合うためには必要な要素なのだろうと珠里は思った。

一方的に許すだとか恨んでいないだとか言える人も世の中にはいるのだろうが、大抵の人はそうではない。もちろん莉香がそんな寛大な人間であるはずがない。

どう思っているのか、碧翔は気難しい面持《おもも》ちで話に聞き入っている。

莉香は感情を整理するようにしばし間を置き、やがて思いのほか明るい口調で告げた。

「だから悪かった、なんて思わなくてもいいから」

当てつけと思いやりの双方を交えた実の娘の言葉を、皇太后がどのように受け止めたのかここからではうかがえない。なんのために莉香が、皇太后から贈られたという大袖衫を着てきたのかを察してくれるとよいのだが……。

(大丈夫かな？)

不安を抱く珠里の視界に碧翔の姿がよぎった。彼はあきらかに安堵《あんど》した表情を浮かべ、小さく息をついた。

(陛下は、お分かりなんだ)

いまの一言に込めた莉香の真意を、碧翔は悟ったのだ。そのことにほっとしつつ、では皇太后はどうなのかと珠里はふたたび部屋に目をむける。するとそれまで身じろぎもしなった皇太后がとつぜん立ち上がり、目の前の莉香を抱きしめたのだった。

「よかった」

絞《しぼ》り出すように皇太后は言った。

「幸せだったのね……」

感極まったように、そこから先の言葉はかき消された。けれどその言葉だけで十分だった。日頃は感情をあらわにしない皇太后のその態度だけで、彼女の真意がみなに伝わった。もちろん莉香にも――。

「……お母様？」

ぎこちない声音《こわね》で返すと、莉香は自分より背の低い母親の胸に顔を埋めた。現実的には身長差から肩口のあたりになってはいたのだが、それでも皇太后は自分より背が高い娘をしっかりと抱きしめていた。

「やだ……泣かなくてもいいでしょ」

この期に及んで強がりを、それでも朗《ほが》らかに莉香はつぶやく。

窓枠の周りでようすをうかがっていた三人の間にも安堵の空気が広がる。やがて碧翔が、ため息のように言葉をもらした。

「よかった……」

珠里は目を見開き、そのまま縫《ぬ》い付けられたように碧翔を見つめてしまう。なぜなら二人を見る碧翔の瞳にうっすらと涙がにじんでいたからだ。

その彼の反応に、珠里は思った。

　皇太后のために莉香を激しく非難していた碧翔は、いったいこの母娘のことでどれほど心を痛めていたのだろう。それは単純な思いやりだけではなく、良心の呵責《かしやく》を伴《ともな》った自責の念でもあったのかもしれない。

（陛下も、よかった……）

　思わず珠里が微笑んだとき、ふいに碧翔が視線を動かしたので視線が重なった。

　驚いて珠里はあわてて目をそらす。碧翔は怪訝《けげん》そうな表情を浮かべはしたが、とやかく問い詰めることはしなかった。珠里が見つめていたことに気づいていないのか、あるいは珍妙な行動にすでに慣れてしまっていたのか。

「本当によろしゅうございました」

　永琳の言葉に、珠里と碧翔が揃ってうなずきかけたときだった。

「そうではないの！」

　すがりつくような皇太后の叫びが聞こえた。

　なにか食い違いが起きたのかと、珠里はぎくりとして部屋をのぞきこむ。

「そうではないって、どういうこと？」

　戸惑いがちに莉香は言った。怒ったようすではなく、まるでなだめるように皇太后の肩に手を置いている。これまでであれば癇癪《かんしやく》を起こした莉香を皇太后や周りがなだめていたので、どうやら最悪の事態ではなさそうだ。

「好きであなたを里子に出したわけじゃないの！」

「それは分かっているから、もう気にしなくて――」

いつになく感情的に叫ぶ皇太后を、珍しく莉香がなだめようとする。

「碧翔のせいなのよ！」

莉香の言葉を遮《さえぎ》り、皇太后は叫んだ。とつぜん自分の名前が出たことに、碧翔は驚いたように肩を揺らした。

堰《せき》を切ったような皇太后の告白がつづく。

「皇太子を疎《うと》んじる輩《やから》が、私の貴妃宮に繰り返し刺客《しかく》を送ってきたのよ。食べ物に毒を入れたり寝床に毒蛇や毒虫を忍ばせたり、それはもう凄《すさ》まじいものだった。毒見させた鳥が、何十羽死んだのか分からなくなるぐらいだったわ」

衝撃的な告白に、珠里は息を呑《の》む。鳥が死んだ話は聞いていたが、まさかそんな事情があったなど想像もしていなかった。

そこで珠里は思いつく。ひょっとして皇太后が毒に対して過剰《かじょう》に警戒していたのは、そのような過去があったからなのだろうか？　二十年近くたったいまでも真っ先に疑ってしまうほどに、そのときの不安や恐怖が癒《いや》せずにいるのではあるまいか。

皇太后はさらに訴えをつづける。

「どうしようかと悩んでいたら、父や伯父《おじ》が碧翔に女の子の格好をさせて誤魔化《ごまか》すか、あるいはあなたに男の子の格好をさせて碧翔の替え玉にしたらどうかって」

にわかには信じがたいひどい話に、珠里は耳を疑う。後者は言うまでもないが、前者とてまったく関係のない莉香に累《るい》が及びかねない危険な提案だ。確かに世間一般では男子優先は通常の考え方で、まして相手が皇太子ともなればその尊重のされ方は段違いだろう。だからといって実の母親に対して求めることではない。

「ひどい……」

怒りさえ覚えてつぶやいた珠里は、はっと気づいて碧翔に目をむける。

碧翔は唇を強く結び、ひたすら感情を押し殺すようにして母娘の会話を聞いていた。白《はく》磁《じ》のような頰《ほお》はひどく張りつめ震えているように見えた。

「もちろんそんなことをするつもりは毛ほどもなかった。だけどこのままでは、あなたが巻きこまれかねない。私はどんなことをしても……莉香、あなただけは守りたかったのよ」

ようやく言えた、まさにそのような感じで皇太后は告げた。

そういうことかと珠里も納得した。そのような理由であれば、わが子を里子に出した母親の気持ちは理解できる。あるいは自ら空に放った鳥と莉香を重ね合わせて語ったのには、そのような背景があったからかもしれない。

「お母様……」

当人である莉香にもそうとうな衝撃だったのだろう。呼びかける彼女の声はあきらかに震えていた。その震えがまるでうつりでもしたように、皇太后もまた声を震わせた。

「だってあなたは、私が産んだたった一人の子供だもの。この手で育てたかったに決まっているじゃない。私は……あんな泥棒猫が産んだ子を育てたかったわけじゃないのよ！」

震えて途切れがちだった声は、最後のほうは悲鳴のようになっていた。日頃物静かな皇太后がそんなふうに叫ぶ姿はまるで、これまで内に込めていたものを解放しているように珠里には思えた。そしてそれは、長い間抑圧されていた人間に必要なことかもしれなかった。

だが——。

「あんな女の産んだ子なんて、顔も見たくなかった。あの子のために莉香、あなたが奪われたのかと考えたら、首を絞《し》めたいと思ったことも一度や二度ではなかったわ」

珠里はおそるおそる碧翔の顔に目をむける。

（え!?）

予想に反して碧翔の表情には、なんの変化も見られなかった。

むしろ永琳のほうがおどおどして、碧翔と窓の奥を見比べている。珠里は息をつめ、皇太后達を眺める碧翔の横顔を見つめた。望診《ぼうしん》をするときのように、無表情の奥に隠されたものをすべて見つけ出そうと思った。

平気でいられるはずがない。あれほど慕《した》い、思いやっていた相手に〝泥棒猫が産んだ子〟などと罵倒《ばとう》されたのだ。しかも殺意を持ったことまで告白された。怒り、そして哀しみが心に芽生《めば》えているはずなのに――。

「よかったな、二人のわだかまりが解けて」

落ちついた声音で告げられた言葉に、珠里は絶句する。しかも中の二人に聞こえないように声はあいかわらずひそめたままだ。

物も言えないでいる珠里と永琳に一瞥《いちべつ》もくれず、碧翔はその場を立ち去っていった。

次第に小さくなってゆく後ろ姿を見送っていると、とつぜんがしりと腕をつかまれる。顔をむけると永琳が青ざめた顔で身を乗りだしてきた。

「どうしよう……」

そう言われても、珠里もどうすればよいのかなど分かるはずがない。というか、この状況をうまくまとめる手段などあるはずがない。それは永琳も理解しているのか、彼女は深いため息をついて握っていた手を放した。

「ひとまず、皇太后様のところに戻るわね」

力なく言うと、永琳は正房《せいぼう》のほうに戻っていった。

珠里は唇をぎゅっと結び、力尽きたようにその場に座り込んだ。

「陛下、大丈夫かな……」

独りごち、先ほどの驚くほど冷静な碧翔の反応を思いだす。若くともさすが皇帝と言うべきだが、傷ついていないはずがない。強い人が傷ついていないなど、なぜ人は思いこめるのか？　人が心という柔らかいものを持っているかぎり、何者も傷つけることができない金剛石《こんごうせき》のようにはけしてなれない。

きっと皇太后は、自分と同じように碧翔を育ててしまったのだろう。婦人としてあるべき姿を貫き通すため心を殺してきた皇太后は、皇太子として、ひいては天子としてあるべき姿を守らせるために、彼に心を殺すことを教えてしまった。

なんという皮肉だろう。碧翔は、莉香よりもずっと皇太后に似ているのだ。

意に沿わぬことを呑み込む器《うつわ》は、多かれ少なかれ誰にだって必要なものだ。だが個人差はあれ、その容量にかならず限界はある。臨界《りんかい》に達したとき、それは病の一因になりうるのだ。

「駄目よ、それじゃあ」

ぼそりとつぶやくと、勢いよく珠里は立ち上がった。

その日の午後、珠里は宮城《きゅうじょう》にある皇帝の居室を訪れた。

この時刻、碧翔は朝議《ちょうぎ》で皇城に出ているから、いないことは承知の上だった。今朝の出来事はもちろん気になるが、会うつもりは最初からない。皇太后の病状にかんしては別だが、もともと碧翔は珠里のごとき身分の者がなにか言える相手ではない。

（それでも、これぐらいはしていいよね……）

珠里は胸に抱いた紙包みを見下ろす。

衛兵に「届け物に来た」と説明し、正房への扉をくぐる。中にはこれまで何度か目にしてきた講堂のように広い前庁《ひろま》があった。正面の壁には流麗《りゅうれい》な書が記された掛け軸が掲げられ、高い天井からは銀細工の灯籠《とうろう》がつり下げられている。床には琺瑯《ほうろう》細工を設《しつら》えた巨大な香炉《こうろ》が設置され、広い空間によい香りをただよわせていた。

何気なくあたりを見回すと、東の壁際に汪礼《おうれい》が立っていた。白と薄紅《うすべに》の芍薬《しゃくやく》を飾った花台の前で、口許《くちもと》に手を当てた気難しい表情でなにやら思案している。つかみどころのないへらへらした印象ばかりだったので、ちょっと意外な姿だった。

そこでふと珠里は思いつく。

（あれ、汪礼さんがここにいるってことは？）

珠里がその答えを導き出すより先に、汪礼が顔をむける。目があった瞬間、彼は大股《おおまた》でこちらに近づいてきた。

「おい、あんた」

「は、はい？」

いつになく真面目《まじめ》な声音《こわね》と表情で汪礼は呼びかけた。嫌うというほどではないが、色々と失礼をされた相手だけに珠里は身構えてしまう。

「皇太后《こうたいごう》様になにかあったのか？」

なんとも答えにくい問いに、珠里は答えに戸惑う。大変なことがありはしたが、それを話すとなると他のことも色々と話さなくてはならなくなる。

「え、と……」

「あったんだな。なにがあったんだ、話せ」

「嫌ですよ」

間髪《かんはつ》を容《い》れずに答えると、汪礼は半眼《はんがん》になる。かまわず珠里はつづけた。

「相手が陛下や長公主様ならともかく、皇太后様のことをむやみに他人に話したりすることはできません」

「その陛下のようすがおかしいから、あんたに聞いているんだろうが！　朝議も途中で切り上げて戻ってきたんだ。今朝、皇太后宮に行ってからだよ」

「陛下がお話しにならないことを、私が勝手に話せるわけがないじゃないですか！　そんなことをしたら私が陛下に怒られますよ」

やはりそんなことになっていたのかと思いながら、珠里は頑固に抵抗した。

筋の通った珠里の言い分に、汪礼は眉《まゆ》を寄せる。

二人はたがいに一歩も引かないというように、ぎりぎりとにらみあう。しばらくそうしたあげく、先に根負けしたのは汪礼のほうだった。はっきり言って珠里のほうが正論だから、これ以上言いようもないのだろう。汪礼は時間の無駄だったとでもいうように、しかめ面《つら》で視線をそらした。

ここぞとばかりに珠里は持ってきた紙包みを差し出した。

「汪礼さん、これ陛下に渡しておいてください」

「……この展開で、普通頼みごとをするか？」

「唱堂さんからもらった西域のお茶です。気持ちを高揚《こうよう》させてくれるそうです。落ちこんでいるときにいいと思います。あ、だからといって中毒性があるわけではないのでご心配なく。なにか心配だったら唱堂さんに訊いてください」

「あんた、人の話を聞いているのか？」

胸元に紙包みを押し付けてくる珠里を、汪礼は呆《あき》れ果てたように見下ろす。

そのとき、西側の扉が音をたてた。

反射的に珠里と汪礼が顔をむけると、そこには朝に見たときと同じ青灰色の袍《ほう》を着た碧翔が立っていた。その装《よそお》いは彼には珍しく、襟元《えりもと》を広げて着崩している。

「騒がしいぞ。具合が悪いのだからゆっくり休ませろ」

「陛下――」

汪礼が抗議をするように声をあげる。しかし碧翔は返事もせず、珠里に対してじろりと一瞥をくれる。心持ち威嚇《いかく》するような視線に珠里ははっと気づく。

（これって、もしかして口止め……）

皇太后宮でのことを、汪礼に話すなという意味なのか？　答えを確認するように碧翔を見つめると、彼はこめかみを軽く引きつらせ苛《いら》ついたような反応を見せた。

（え、ちがったの？）

珠里があわてているうちに、碧翔はずんずんと足を進めて近づいてきた。手の届く距離まで来ると、彼はぎゅっと珠里の手首をつかんだ。

「な、なんですか!?」

「私にその茶を届けに来たのだろう？　ならばお前が淹《い》れていけ」

「は？」

言葉の意味を理解する前に、ぐいっと引きずられた。まったく身構えていなかった珠里は無抵抗のまま引きずられる。ほんのしばらくあ然としていた汪礼が、すぐにわれに返ったのか駆けつけてくる。

「陛下！」

「またあとで呼ぶ」

断固として言われた汪礼は口をつぐむ。やがて彼は観念したように、両手を組んで頭を下げると踵《きびす》を返していった。玄関への扉が閉ざされたあと、ぽつりと珠里は言った。

「……なんだか可哀相《かわいそう》ですね」

「心配をさせているのは分かっているが、今朝のことが周りに広まれば騒ぎになる」

切り捨てるような碧翔の言葉に、やはり口止めだったのかと珠里は思い直した。そもそも皇帝宮に勤める宮女が多数いるのだから、勝手の分からぬ珠里に茶を淹れさせる理由がない。汪礼に追及された珠里が、事の次第を話すのを妨げるための手段だったのだろう。

確かに皇太后の本音が周りに知れ渡れば、彼女はもちろん碧翔も立場がない。なんであれ母親を罰することなど許されないが、皇太后への世間の目は厳しくなる。

（え？）

はたと気づき、珠里は手首を握られたまま碧翔を見上げる。

世間の目が厳しくなることを懸念《けねん》して――つまりそれは。

「皇太后様をかばわれたのですか？」

珠里の問いに、碧翔はふっと口許の力を抜くように微笑《ほほえ》んだ。寂しげな、しかたがないというような笑みに珠里はそれ以上問うことができなくなる。曲がりなりにも女として皇太后の本音に共感しながらも、碧翔の気持ちを考えると一人の人間として胸が締めつけられる。

片手で胸に抱いていた紙包みに力を込める。

「お茶、飲みましょう」

明るく珠里は言った。碧翔は先ほどより、少し力のある笑みを浮かべた。

珠里はさらに張りのある声で言う。

「正直に申しますと、私お茶を淹れるのはめちゃめちゃ下手《へた》なんです。ついつい煎《せん》じ薬みたいに長く煮詰めてしまうものですから。父からも〝お前の淹れた茶を飲むと、にがさで顔が曲がる〟と言われていました。廂《しょう》の人からも私の作った方剤《ほうざい》は寿命《じゅみょう》を延ばすが、茶は寿命を縮めると噂《うわさ》されていたそうです。でもこの薬草茶は少し長く煮詰めたほうが効能はあるとのことですから、大丈夫だと思います」

ぬけぬけと他人事《ひとごと》のように答えた珠里に、最初は穏やかだった碧翔の表情が次第に強張《こわば》ってゆく。やがて彼は確認でもするように問うた。

「私は手ずから茶を淹れたことはそうないが、そもそも煮詰めるものではないだろう？」

「え、都ではそうなのですか？」

「………お前、女親からそういうことは習わなかったのか？」

「はあ、私の母は早くに亡くなったものですから」

しれっと珠里が答えると、碧翔は妙に納得した顔をする。

「とりあえず、その薬草茶を私のために淹れよ」

そう言って碧翔は、珠里の手を握ったまま踵を返す。引きずられるように歩きながら、珠里は碧翔の足取りがこれまでよりゆっくりめであることに気づいたのだった。

目を剝《む》いて驚愕《きょうがく》する宮女達を退けると、碧翔は珠里を自分の居間に通した。

はじめて入った皇帝宮の居間は、皇太后宮のそれより一回り広く、装飾も豪華だった。しかし白い壁に配置された、紫檀《したん》の柱と格子窓《こうしまど》が空間を引きしめて見せていた。

南の日当たりのよい場所に造りつけられた長椅子《ながいす》とは別に、柱と同じ紫檀に細やかな透かし彫りを施《ほどこ》した豪奢《ごうしゃ》な椅子と卓子《たくし》が置いてある。牡丹《ぼたん》や孔雀《くじゃく》を縫いとった壁掛けが飾られ、天井からは装飾品のように細やかな細工の灯籠が複数つり下がっていた。

碧翔は長椅子に腰を下ろし、不器用に火炉《かろ》を扱う珠里を辛抱《しんぼう》強く眺めていた。鉄瓶《てつびん》に水と茶を入れ、ようやく火を点けた火炉にかける。あとは沸騰《ふっとう》してから火を弱くしてことこと煎じるだけである。ひと作業を終えてほっと息をついた珠里に、肘掛けにもたれたまま碧翔が言った。

「茶といっても、薬と変わらぬ淹れ方だな」

珠里はなんとも気まずげにうなずく。茶は煎じ薬とちがって漉《こ》すだけでよいのだと、この歳《とし》になってはじめて知った。どうりでやたらと苦い味になっていたわけである。

この部屋に入ってすぐ、なんと碧翔が手ずから茶を淹れたのだ。

茶壺《ちゃつぼ》にどばっと葉を入れ、高いところから湯をそそぐ。少し間を置いてから、茶杯に注ぎ分ける。けっこう雑な所作《しょさ》ではあったが、茶葉が上等だからそれなりに美味だった。まさしく目から鱗《うろこ》状態だ。そのことを正直に告げると、碧翔は心底呆れ果てた顔をした。

鉄瓶の蓋《ふた》がかたかたと音をたてて沸騰を知らせたので、珠里は火を弱めて沙鐘《すなどけい》をひっくり返す。あとは時間までじっくり煮詰めて、薬効を最大限に抽出するだけである。火加減は注意しなければならないが、やることはなくなり手持《ても》ち無沙汰《ぶさた》の間が訪れる。

珠里が火炉から目を離したせつな、おもむろに碧翔が言った。

「お前の父親はそうとう変わり者だったと太医長が言っていたが、この娘の失態に気づかないのはいくらなんでもひどかろう」

返す言葉がない。火が扱えるようになる年ごろには、茶ではなく煎じ薬を作っていた。父は放っておけば水や白湯《さゆ》で済ませてしまうような人だったので、あんがい彼自身も茶の淹れ方を知らなかったのかもしれない。

「耳が痛いです」

反省しきりで言うと、碧翔はくすっと笑う。しかしそれきり現実を思いだしたように黙りこんでしまう。彼の目は南向きに設けられた窓を見つめ、彫りの深い横顔がこちらにむけられている。珠里もかける言葉に困って口をつぐむ。広い居間では、ことことと鉄瓶が蓋を揺らす音のみが響いていた。

やがて沙鐘の砂が落ち、珠里は火を消した。

茶漉しを使って鉄瓶の中身をそそぐと、茶杯に濃い琥珀《こはく》色の溜まりができる。西方の薬草茶というだけあって香りが馴染《なじ》まなかった。いかがなものかと思いつつ碧翔のもとに運ぶと、あんのじょう彼は杯を鼻に近づけると眉《まゆ》を寄せた。

「嫌な臭《にお》いではないが、妙な匂《にお》いだな」

「西方のものだから、私達には馴染まないのかもしれません」

そう答えてから珠里は、碧翔がこの茶の効用を知っているのかと思った。汪礼に説明しているときに碧翔は姿を見せたが、彼がどこまでやりとりを聞いていたのかは不明である。

——落ちこんでいるときにいいと思う。

自分が汪礼に告げた言葉を思いだし、珠里は複雑な気持ちになる。効能を問われたら、どのように答えたらよいものか？　正直に答えてよいものだろうか？　だが彼は前庁《ひろま》で、その薬草茶を自分のために淹れるように言った。

碧翔は特に問うことはせず、黙って茶杯を傾けた。珠里は手の届く距離に立って、そのようすを見守る。一口すすってから、碧翔はふうぅとため息をついた。

「悪くはないぞ」

「そうですか。よかったです」

「お前は茶を淹れるのは駄目だが、煎じるのはうまいな」

からかうように言われ珠里は目を瞬かせる。茶杯をまるで酒杯のように上からつかみ、碧翔は口角を持ち上げて控えめな笑顔を作る。しかしその目はあきらかに笑っていなかった。

きりきりと胸が締めつけられ、たまらず珠里は口を開きかける。

「陛──」

「今朝のことは、他の者には言うなよ」

発言を遮《さえぎ》られ、珠里はうっすらと唇を開いたまま身を固くする。

「こんなことが公《おおやけ》になれば、母上の立場が悪くなる」

この状況で出た、皇太后《こうたいごう》をかばう言葉に衝撃を受ける。その感情のまま視線をむけると、まじまじと見つめられることが辛《つら》いというように碧翔はぷいっと視線をそらした。

「しかたがないんだ」

ぽつりと碧翔は言った。

「お前、なぜ母上が皇貴妃《こうきひ》止まりだったのか分かるか？」

唐突《とうとつ》な質問に珠里はふいをつかれるが、それ自体は以前に疑問に思ったことだった。それを敢《あ》えて碧翔が口にするということは、やはりなんらかの事情があるということなのだろう。

「いえ………」

「実は母上は、父上から疎《うと》んじられていたんだ」

「⁉」

驚きのあまり物が言えないでいる珠里に、碧翔はそうだろうとばかりに皮肉気な笑みを浮かべた。

「息子としてこのように親を評するのはいかがなものかと思うが、父上は皇帝としてけして自律的な方ではなかった。悪意のある人ではなかったが、享楽《きょうらく》的で物事を深く考えることが苦手な方だった。そのような人間にとって、母上はあまりにも隙《すき》がなさすぎた。誰もが皇后《こうごう》にふさわしい理想的な婦人と褒《ほ》めたたえる母上を、反発もあったのか父上は次第に遠ざけるようになっていったらしい」

珠里は眉を寄せる。なんだか界隈《かいわい》に出回っている、大衆本にでも書かれていそうな話だと思った。あまりにも俗《ぞく》っぽすぎて、かえって現実感が浮かばないほどだ。

「あげく手を出したのが、読み書きすらできない自分の下女だったのだから、母上もさぞ虚《むな》しかったことだろう」

おそらく自分の実母のことであろうが、ずいぶんと冷ややかに碧翔は語った。生まれてすぐに亡くなったように言っていたから、碧翔に実母の記憶はないのだろう。なにより皇太后への義理立てもあり、彼女をよく言うこともできないのかもしれない。

それにしても世間では婦人はこうあるべきと押しつけておきながら、その通りにふるまうとそれが堅苦しいと遠ざけられるとはなんとも理不尽な話である。皇太后からすれば、自分が全否定されたようにも感じたのではあるまいか？

（ひどい話だわ………）

大勢の女が寵《ちょう》を争う後宮では珍しくもないのかもしれないが、これまでそんな環境と縁がなかった珠里は理不尽だと思わずにいられなかった。

しかしそうやって事情を知れば、皇太后のあの言葉はしかたがないとも思える。

「馬鹿な話だな」

自嘲《じちょう》的な碧翔のつぶやきに、珠里は物思いから立ち返る。

「え？」

「さんざん姉上を責めておいて、実際に母上を苦しめていたのは私のほうなのだからな」

「………」

いまの言葉を口にした碧翔の心情を思うと、珠里はたまらなくなる。

確かに皇太后からすれば、碧翔の顔を見ることは穏やかではなかっただろう。特に莉香が里子に出されてからは、碧翔を憎むこともあったのかもしれない。

――あんな泥棒猫が産んだ子を育てたかったわけじゃないのよ！

だからこそ、あんな言葉を口にしたのだろう。

「でも私は、皇太后様は陛下のことを疎んじておられるわけではないと思います」

よほど予想外の言葉だったのか、碧翔は目を円くする。とうぜんだ。今朝の皇太后の発言を聞けば、なぜそんな言葉が出てくるのか理解不能だろう。

しかし珠里はその根拠には触れず、自身の言葉を弁明するようにつづけた。

「もちろん長公主様のほうがもっと好きではあるのでしょう。ですが、それはしょうがないですよ。だって実の母娘なのですから、そうでなくては長公主様がお気の毒です」

「それでなぜ、母上が私を疎んじていないと言えるのだ？」

一方的に語りつづける珠里に、いい加減痺《しび》れを切らしたように碧翔は切り込んだ。

もちろん珠里にも、はっきりした根拠はない。ただ仮に皇太后から〝疎んじていない〟という言質《げんち》を得ていたところで、碧翔の疑いは消えなかっただろうとも思う。彼が皇太后に対して負い目を持っているかぎり、どれほど言葉を尽くしたところで同じことだ。

だからこそ結果だけを告げようと、珠里は思った。

「疎んじている相手を、十九年もきちんと育てるなんて普通できませんから」

「母上は婦道《ふどう》としてそれが正しいとされれば、それぐらいのことはなさる」

「だからですよ。卵と鶏《にわとり》のどちらが先かの話になりますが、しなきゃいけないことをするためにしかたがなかったのかもしれませんが、どこかで愛着を持ったのですよ」

泥棒猫が産んだ子供。

確かにあの言葉は最悪だった。あれが碧翔に与えた衝撃は生半可《なまはんか》なものではないだろう。

そのいっぽうで珠里は思う。あれは本音というより、憤《いきどお》りを実際以上に激しい言葉で表してしまった部分もあったのではないだろうかと。

「それに皇太后様が婦人……というか人として正しい御方なら、陛下のように孝行を尽くしてくれる相手を、いつまでも憎めるはずがないと思うのです」

それまで険しかった碧翔の表情が、毒気を抜かれたように緩《ゆる》んだ。やった、もうひと押しだ。

そんな思いから、珠里は満面の笑みを浮かべて言葉を紡《つむ》ぐ。


「犬だって、三日飼えば情がわくって言うじゃないですか」


失言の自覚のない珠里の前で、碧翔の表情が今度は引きつった。

にこにこと能天気な笑顔を浮かべていた珠里は、碧翔の反応に首を傾《かし》げる。

「………私は犬か？」

「!?」

ようやく己の失言を自覚した珠里はさっと青ざめる。

「し、失礼しました」

反射的に後退ろうとした珠里の裙《くん》を、碧翔が腕を伸ばして捕らえる。とうぜん引き留められた形になり、振り払おうと動いたことで裙が大きく持ち上がって足首がさらされる。

珠里はあわてて裙を押さえた。これ以上無理に動けば、ほどけてしまうかもしれない。

「ちょ、放してください。足が見えちゃう」

「ふざけるな。お前が逃げるからいけないのだろうが！」

「す、すみません。私が悪かったです。ですから放してください」

「あたり前だ！」

短く叫ぶと碧翔はぱっと手を放した。珠里は急いで裙の裾《すそ》を整える。さすがに自分の失《しっ》言癖《げんへき》に自己嫌悪を覚えていた。

（うう、せっかくうまく励ませそうだったのに……）

がっくりと項垂《うなだ》れていると、吐息ともつかぬかすかな声が聞こえた。なんだろうと顔をあげると、長椅子《ながいす》の上で碧翔が小刻みに身体《からだ》を震わせている。珠里は驚きに目を見張った。

「ふっ……は、は……」

「へっ、陛下、ご気分でも？」

「あはは……」

ついに堪《こら》えきれなくなったように、碧翔は声をあげて笑い出した。しかも長椅子の上で身をよじらせている。

笑っているのは確実だが、この展開でそうなる理由が理解できない。よもや本格的に具合が悪いのではないか珠里は疑った。

「陛下、大丈夫ですか？」

矢も盾もたまらず膝をつき、笑い転げる碧翔の顔をのぞきこんだ。

「どこか気持ちが悪いところとか、ひょっとして変なものを食べていないですか？」

確か毒キノコの中に、ひたすら笑いつづける症状が出る種類があったはずだ。

せつな、声に顔をむけた碧翔と目があう。驚きに珠里は身を固くするが、碧翔もふい打ちをくらったように動きを止める。

そうやってしばしの間、じっと見つめあう。

自分を見つめる長い睫《まつげ》に囲まれた碧翔の瞳は、黒というより薄墨《うすずみ》のように淡い。不思議な色だ。落ちついていて、つい見入ってしまう。

「気をつけろ」

諭《さと》すように言われ、珠里はわれに返る。

「悪意がなくとも、失言は足をすくわれる要因になりかねない。油断はするな。お前はこれから、いくつもの艱難《かんなん》を乗りこえなければならないのだから」

そこで碧翔は一度言葉を切り、あらためて告げた。

「忘れるな。お前にはこの国の未来がかかっている」

珠里はまじまじと碧翔の、薄墨色の瞳を見つめた。

医官局の書庫でのことを、彼が知っているとは思えなかったが、あるいは皇帝という立場上、俯瞰《ふかん》してものを言ったのかもしれない。

半年前に即位したばかりの若き帝《みかど》は、世間的にはその手腕は未知数だ。

だが、珠里は思った。この人が世を治めれば、黄蓮《おうれん》のような悲劇は少しずつでもなくなってゆくのではないのだろうかと。

「――分かりました」

短く珠里が答えると、碧翔は唇の端をそっと持ち上げた。

「だが幸いなことに、私は犬は好きだ」

からかうような口調に、珠里はきょとんとする。

「お前はどうだ？」

穏やかな笑みを浮かべてされた問いに、珠里はしばし口ごもる。

なぜだか分からないが、やたら気が焦ってくる。どうしてだろう、鼓動が速まっている。

ひとつ息をついて、平静の息遣いをなんとか取り戻す。そうしてかすれるような声で、
ようやく珠里は答えた。

「……まあまあ好きです」

# 第五章

莉香《りか》との和解が為されてから、皇太后《こうたいごう》は目に見えて活気を取り戻していった。

その日珠里《しゅり》が訪室すると、大きな台の上に色取り取りの美しい布が多数広げられていた。琥珀織《こはくおり》に錦織《にしきおり》等の綾織物《あやおりもの》。鶏卵《けいらん》のようにすべらかな繻子《しゅす》。蜉蝣《かげろう》の羽のように薄い紗《しゃ》。春の苑《その》のように色鮮やかな花々を刺繍《ししゅう》したものなど、どれもこれも一目しただけで逸品だと分かる。

「うわあ、綺麗《きれい》ですね」

一歩中に入り、珠里は感嘆《かんたん》の声をあげた。長椅子に座っていた皇太后は、朗《ほが》らかに答える。

「そうでしょう、都随一《ずいいち》の商人に選《え》りすぐりの品を運ばせたのよ」

「御衣装をお仕立てになられるのですか?」

珠里は声を弾ませた。衣装を新調しようと考えるのなら、ずいぶんと気力が充実してきた証拠だ。しかし皇太后はゆっくりと首を横に振った。

「私のではないわ。莉香のものよ」

見ると別の椅子に、あの莉香が借りてきた猫のように身を竦《すく》めて座っていた。衣装はこれまで通り胡服《こふく》だったが、あまりの存在感のなさに気づかなかった。普段の莉香を思えば、信じられないことだ。

「だってこの娘、ろくな衣装を持っていないのだもの。腰の位置が高いからどんな裙《くん》でも着こなせると思うのに勿体《もったい》ない。普通の人は下半身をすっきりと長く見せるため、暖かみのある色や全体に模様がある裙は避けがちだけど、この娘なら大丈夫だと思うわ」

これまで聞いた中で一番饒舌《じょうぜつ》に皇太后は語った。出会ったときの消え入りそうな喋《しゃべ》り方を思えば、それ自体は喜ばしいことだった。しかし聞く側の反動もあるかもしれないが、若干《じゃっかん》浮かれている感が否《いな》めない。なにより困惑しきりといった莉香の表情が気になる。

考えてみれば胡服を一定枚数持っている莉香に、ろくな衣装を持っていないという言葉はちょっと失礼だ。莉香が胡服を着る理由が意地だか趣味だかは分からないが、いずれにしろ彼女の意志ではある。せっかく穏やかになった機嫌を損《そこ》ねやしないかと心配になる。

あんのじょう莉香は珠里と目をあわせると、抗議とも訴えるともつかぬよう目配せする。そんなことをされても、珠里になにかできるわけでもない。困り果てた二人を置き去りに、皇太后は永琳《えいりん》をはじめとした年輩の宮女達にあれやこれやと相談をつづけている。

「……お母様」

彼女にしては珍しく、遠慮《えんりょ》がちに莉香は呼びかけた。皇太后はようやく顔をむける。莉香は少しためらうように間を置いたあと、思い切って口を開く。

「気持ちはありがたいのだけど、もう十分よ。だって昨日も一昨日も仕立ててもらったじゃないの。そもそも私、滅多《めった》に裙は着ないから」

昨日、一昨日という言葉に珠里は驚く。それが誇張でないのなら、莉香の言い分はもっともである。皇太后は虚を衝《つ》かれたようになり、次にあからさまに消沈した顔をする。莉香の表情がさらに気まずげなものになる。

やがて気を取り直したのか、皇太后は諭すように言う。

「でも、公主としての格というものがありますよ」

「そんなもの、半年前にここに来た時からないから」

自虐《じぎゃく》的というより、むしろ誇らしげに莉香は答えた。

珠里は危うく噴き出しそうになったが、さすがにそんな状況ではないだろうと堪えた。穏やかな言い方をしても、莉香はやはりどこまでも莉香だった。自分の言葉に皇太后が消沈することが分かっていて、その結果に自分が気まずい思いをすることが分かっていても、受け入れられないことははっきりと告げる。

――一度空に放たれた鳥は、二度と籠《かご》の中で暮らせないのだ。

唱堂《しょうどう》の存在がなければ、おそらく莉香は宮城《きゅうじょう》に戻ってこなかっただろう。

真相を知ったことで母親に対する思いは変わっただろうが、そのためにこれまでの自分の生き方をあらためたりはしない。

悄然《しょうぜん》とする皇太后から申し訳なさそうに視線をそらし、あらためて莉香は告げる。

「そういうわけだから……明日、また来るわね」

さすがに気まずいのだろう。莉香は視線を落として、逃げるように出ていった。

珠里は内心で嘆息した。本当のことを言えば、体調不良から心身ともに過敏になっている皇太后を落ちこませるようなことは極力避けてほしかった。衣装が山のようになったからといって、別に莉香が大きく困ることはないのだから。それを正直に言ってしまうのが莉香らしいところで、ある意味彼女の魅力なのだが。

もしこれが碧翔《へきしょう》であれば、意に沿わぬことでも皇太后の好きなようにさせただろう。碧翔は籠の鳥ではないが、皇城で生きることをしつけられた、短い距離しか飛べない豪奢《ごうしゃ》な羽を持つ孔雀《くじゃく》だ。

長椅子の上で黙りこくっている皇太后を見兼ねて、永琳が声をかける。

「ああいうことを素直におっしゃられるようになったのは、それだけ皇太后様に心を許している証拠でございますよ」

忠実な宮女の言葉に、皇太后は一度伏せていた顔をあげた。

「ええ、そうね。私もちょっと浮かれすぎてしまったわ」

「長公主《ちょうこうしゅ》様は皇太后様にそっくりですから、裙を着ければきっと映えるでしょうに、あんな野蛮《やばん》な衣装では勿体のうございますわね」

莉香が聞いたら怒鳴りつけかねない永琳の発言に、皇太后は苦笑した。

珠里も聞いていて愉快な言葉ではなかったが、長年宮城に住む人間の異民族に対する認識などそんなものであろうと割り切ることはできた。考えようによっては、そんな価値観の中であの姿で過ごしている莉香の我の強さはすごいものがある。

皇太后は長椅子から身を起こし、手近に広げていた布を手に取った。霧のように儚《はかな》げな紗の生地を眺め、しみじみとつぶやく。

「やはり若い娘のための生地は、見ているだけで楽しいわね」

「さようでございますね。私も気持ちが若返るような気がいたします」

永琳の返答にうなずいて返したあと、皇太后は布を元の場所に戻した。

「即位前までは碧翔のためにも色々と衣装を用意してあげたのだけれど、男の子だし皇太子としての規制も多くて、自由な装《よそお》いはさせられなかったのよ」

皇太后の口から出た碧翔の名に珠里はどきりとする。ちらりと見ると、永琳の表情も心なしか強張《こわば》って見える。

永琳は皇太后に、莉香とのやりとりを聞いていたことを話していないそうだ。だから皇太后は、自分の暴言を碧翔が聞いていたなど夢にも思っていないのだろう。でなければ珠里達の前でこんな言葉が言えるはずがない。

「ご即位後の皇帝陛下の衣装は、皇城のほうで用意いたしますものね」

即位前まではという言葉を受けてか、ややぎこちなく永琳が答えた。そんな仕組みになっているのかとあらためて認識していると、ふと思いだしたように皇太后はつぶやいた。

「どうしてあの子は、最近来ないのかしら？」

珠里と永琳は顔を見合わせる。やがて永琳は目配せをしてから、朗らかに告げた。

「皇城のほうでは朝議《ちょうぎ》が立て込んでいるとお聞きしております。落ちつかれたら、また以前のようにお出でになられますよ」

「まあ、それならしかたがないわね」

あまり気にもしていないように、皇太后は言った。珠里と永琳はふたたび目配せをしあい、胸をなでおろした。

一通りの用事を済ませてから、珠里は皇太后のもとを辞した。

いつもの通り、出入り口まで見送りに出た永琳がため息まじりにつぶやいた。

「そりゃあ陛下のお気持ちを考えたら、来るわけがないわよね」

永琳の言葉に珠里は無言であいづちを打つ。

「でもこれまで陛下は毎日お出でだったのだから、この状態がつづけばどうしたって不思議に思うわよね」

「そうですよね」

「今日はああ言ってごまかしたけど、このあとどうしようかしら……」

打つ手がないというように、永琳は天井を仰《あお》ぎ見た。そんな彼女の横顔を、珠里は黙って見つめる。もちろんどうしたらよいのかなど、珠里にも分からなかった。それでもこれだけは告げておきたいと口を開く。

「陛下は、怒っていません」

「え？」

「それどころかこのことが世間に知られたら、皇太后様の立場が悪くなると心配なされて私に口止めをなさいました」

信じられないというように目を円くする永琳に、念押しするように珠里は言った。

「ですから永琳さんも、そのつもりでお願いします」

珠里の要請に、永琳は短い間のあとまるで急《せ》かされるようにうなずいた。


その永琳が訪ねてきたのは、それから五日経った日の朝のことだった。

朝餉《あさげ》の粥《かゆ》を食べ終えた珠里のところに、裙の裾《すそ》をひるがえして飛び込んできた。宮女らしからぬ雑なふるまいに尋常《じんじょう》ではない事態を疑ってしまう。

はたして永琳は、皇太后が朝から臥《ふ》せってしまっていることを告げた。

「すぐに行きます！」

宣言するように告げると、珠里は皇太后宮にむかう。

衝撃ではあったが、実はうっすらと予感はしていた。というのも莉香の衣装の件が起きてからなんとなく覇気《はき》がないことを、鍼《はり》をうつときにも感じていたからだ。心配で色々と尋ねてみたが、返事をすることも煩《わずら》わしいのか、大丈夫だからという一言でかわされてしまっていた。

（やっぱり、長公主様の言葉がきっかけで？）

一般的なことを言えば、あんなやりとりはいつの時代でも母娘《ははこ》の間でよくあることだ。心と身体《からだ》が双方に健《すこ》やかであれば、あれぐらいの諍《いさか》いはただの親子喧嘩《げんか》で終わる。だがだいぶん改善したとはいえ、皇太后はまだまだ不安定な状態だ。傍目《はため》には些細《ささい》な出来事でも弱った心身にはいたく堪えるものなのだ。

正房《せいぼう》の扉をくぐると、前庁《ひろま》では二人の宮女が不安げな顔付きで話をしていた。珠里の姿を見るなり、彼女達の顔に少しだけ安堵《あんど》の色が浮かぶ。

「范さん。来てくれたのね」

「あら、永琳さんは？」

そう一人が尋ねたとき、息を切らして永琳が前庁に飛び込んできた。年齢も含め服装や沓《くつ》を考えれば、全力疾走した珠里に永琳が追いつけるはずがなかった。

「皇太后様は寝室ですか？」

珠里の問いに宮女達はうなずいたあと、不安げに言った。

「でも誰かと話すこともお辛《つら》いようで、寝台の帳《とばり》を下ろしてお顔も見せてくださらないの」

想像以上の事態に珠里は表情を強張らせる。なにしろ珠里がはじめてここに来たとき、皇太后は人との面会を拒《こば》むほどの状態ではなかった。

「一応おうかがいしてみます。永琳さん、一緒にいいですか？」

珠里の要請に永琳は困惑がちにうなずく。その反応に珠里は、皇太后の拒否がよほど強いのかと不安になった。

沈痛な面持《おもも》ちのまま、二人とも無言で寝室にむかう。扉を開けると、天蓋《てんがい》から下りた帳は完全に閉じられていた。夏用の紗《しゃ》の布は、寝台に横たわる皇太后の影をぼんやりと透かして見せていた。

「皇太后様、珠里が参りました」

遠慮《えんりよ》がちに永琳が言ったが、皇太后からの返答はない。珠里は寝台の傍に歩み寄り、紗の帳に手をかけて尋ねた。

「皇太后様、中に入ってもよろしいでしょうか？」

「……ああ」

弱々しく皇太后はうめいた。それはおよそ返事とは思えぬものだったが、ほとんど自己判断で珠里は是《ぜ》と受け取った。できるだけ刺激を与えないよう、帳の隙間《すきま》をかいくぐるようにして中に入った珠里は、目も開けない皇太后の姿に消沈した。

二日や三日で、人はそうやつれはてるものでもない。だが病状がどうのとか、どこが悪い以前に、皇太后の面差《おもざ》しは覇気を完全になくした者のそれだったのだ。

（せっかく少しずつお元気になられて、長公主様とも心を通じ合わせたのに……）

皇太后がこれまでの不遇や寂しさを埋めあわせるためには、なによりも健康な身体と心が必要だ。そのための術《すべ》を少しずつ取り戻していたところだったのに——無念のあまり指をぎゅっと握りしめる。

「皇太后様」

珠里の呼びかけに皇太后はうっすらと目を開ける。

「ああ、珠里……」

「お苦しいですね。大丈夫です。少し薬を変えてみましょう」

珠里の言葉に皇太后は目配せをするようにうなずいた。ただそれきりで、ふたたび瞼《まぶた》を閉ざしてしまう。珠里もそれ以上話しかけることができずに、帳の外に出るしかできなかった。

前を見ると、少し離れた場所で永琳が泣き出しそうな表情で立っている。気丈な彼女の珍しい姿に珠里は無力感に苛《さいな》まれる。

寝室を出たところで、はからずも珠里は失望を吐露してしまう。

「なんで、こんなことに……」

不安げな永琳の目差《まなざ》しに気づき、珠里はあわてて口をつぐむ。治療者側が、患者側の人間の前で弱音を吐露してはいけない。それは瞬く間に伝わり、患者を不安に陥《おとし》いれてしまう。

珠里は唇をきゅっと結び、気持ちを立て直した。

「大丈夫です。太《たい》医長にも相談してみますから」

そう聞いても簡単に不安は拭《ぬぐ》えぬのか、永琳の反応はぎこちなかった。珠里は己の迂闊《うかつ》な言動と態度を恥じた。

「陛下にも報告しなければなりません。いまから行ってまいりますので、なにかあったらすぐに連絡をください」

その言葉に永琳は、いっそう不安を募《つの》らせた顔をする。なおのこと心が痛んだが、それでもなんとか笑顔を取りつくろうことで「大丈夫ですから」とだけ告げることができたのだった。

昼の朝議《ちょうぎ》が終わったころを見計らい、珠里は碧翔への取り次ぎを頼んだ。皇太后《こうたいごう》様の件でお伝えしたいことがあると言うと、少しして戻ってきた宮女は執務室にむかうように告げた。皇城から下がったからといって皇帝の仕事が終わったわけではない。そのため私的空間でもある宮城《きゅうじょう》にも仕事をこなすための部屋は備えられている。

執務室の扉の前には、衛兵とともに汪礼《おうれい》が立っていた。彼ほどの地位であれば門前の警護などしないであろうにと首を傾《かし》げていると、汪礼は「来たか」とにやにやとしまりのない薄笑いで珠里を出迎えた。どうやら待ち伏せされていたらしい。

「なんですか、なにがおかしいのですか？」

露骨に胡散臭《うさんくさ》げな顔をすると、汪礼は心外だというように手を広げた。

「いや、あんたなにをしたんだ？　あのあと陛下がずいぶんと元気になられてな。これはよほど妙薬を配したのか、うまく励《はげ》ましたのかのどちらかだろうと思ってね」

「どっちでもありませんよ。そんなすぐに気分が向上する薬なんて怪しすぎるし、励ますつもりがうっかり犬扱いをして怒られましたよ」

急いているあまり投げやりになった珠里の答えに、汪礼と横で聞いていた衛兵の目は点になった。まあ皇帝を犬扱いしたと聞けばとうぜんの反応だろう。

「なんだ、俺はあんたが身体を張って励ましでもしたのかと思ったよ」

「はあ!?　名うての妓女《ぎじょ》じゃあるまいし、そんな技術持っているわけないじゃないですか!」

普通の娘なら屈辱《くつじょく》に泣き出すような失礼な冗談だが、珠里は大胆《だいたん》な言葉で反論した。むしろ若い衛兵のほうが顔を赤くして絶句している。珠里に対してなのか汪礼に対してなのかは不明だが。

自分の言動は棚《たな》に上げ、さすがに汪礼も言葉を詰まらせる。だが一拍置いて、彼は腹を抱えて笑い出した。なにがおかしいのかまったく分からないのだが、とりあえず不愉快で珠里は声を荒らげる。

「陛下が気力を取り戻したのは、ご本人の強さです。私の力なんかじゃありません」

「騒がしいぞ!　いつまでそんなところで言い争っているんだ!」

ばんっと音をたてて扉が開き、奥からなんと碧翔その人が現れた。恐縮のあまりか衛兵は飛び上がるように背筋を伸ばしたが、珠里と汪礼は普段通りだった。

「だって陛下!」

「いや陛下、この娘がですね……」

二人同時に右と左の耳から訴えられ、碧翔はうんざりした表情をする。彼は双方の言葉を遮《さえぎ》るよう、顎《あご》をしゃくって珠里に中に入るように命じた。

素直に従って中に入った執務室は、採光のために窓が大きく取られていた。

大きな書が掲げられた壁は落ちついた砂色で、煉瓦《れんが》色の机と椅子《いす》が設置され、室内は香ではなく墨《すみ》の香りが立ち込めている。なにもかも華やかな皇帝の居室において異彩を放つ、色彩も調度《ちょうど》も落ちついた空間だった。

執務机の前に腰を下ろすと、碧翔はおもむろに尋ねた。

「で、母上がどうかなされたのか？」

あらためて問われ、珠里はしばし戸惑う。あんな言葉を聞いたあとで、碧翔が以前と同じように皇太后を心配できるとは思えない。だが珠里は仕事を請け負った者として、依頼主である碧翔に現状を報告する義務がある。

「ここ二、三日芳《かんば》しくなかったのですが、今朝は特に具合が悪くて起き上がれないようです」

碧翔はさらさらと動かしていた筆を止め、紙面から顔をあげて珠里を見た。

「なぜだ？」

「分かりません」

「なぜだ？　母上は姉上と和解なされて、殺したいほど憎んでいた継子《ままこ》は姿を見せなくなったのだぞ」

苛立《いらだ》ちをあらわにして叫ぶ碧翔に、珠里の胸は痛んだ。

言い方は自虐《じぎゃく》的だが本心にちがいない。碧翔からすれば、自分がこれほど残酷《ざんこく》な真相だ。

を受け止めざるを得なかったというのに、なぜ皇太后の症状が悪化するのか解せないはずだ。

「なにかまちがっていないのか？　薬や食事はきちんと管理しているのか？」

「食事にかんしては、皇太后様はもうずっと長い間、信頼できる宮女達の用意したものしか口になさいません。薬は——」

そこで一度言いよどんだ珠里に、碧翔は眦《まなじり》を上げる。

「薬は、なんだ？」

「一度処方を考え直してみたいと思います。私一人では手に余るかもしれませぬので、太医長に相談してみます」

碧翔が少し納得した表情を浮かべたときだ。

「陛下、よろしいでしょうか？」

扉のむこうで汪礼の声がした。

「どうした？」

「太医長と医次長が謁見《えつけん》を願っております」

両名の名に珠里は身構えた。この時宜《じぎ》での上位医官の参上が、よもや偶然だとは思えない。しかももっとも頼りにしている人と、もっとも警戒している人が揃って来た。

碧翔もある程度のことを察したのだろう。彼はすぐに二人の入室を許可した。

汪礼のあとにつづいて、紫の袍《ほう》を着た二人の医官が順番に入室する。もちろん地位からして太医長のほうが先だ。二人はそれぞれ先にいた珠里の姿に目を見張った。

「珠里、おぬし――」

「小娘が、偉そうなことを言いおってやはりこのざまではないか！」

太医長の言葉を遮り、吐き捨てるように医次長が言った。

珠里はすぐに事態を理解した。患者が悪くなったとき医者が責められることは、ある意味道理だ。どういった事情でかは分からないが、皇太后の容態が悪化したことが医官局にも知れ渡ったということである。

もちろん珠里もこの急変に忸怩《じくじ》たる思いはあるが、順調に回復していたこれまでの治療過程を全否定されることは納得ができなかった。もし珠里の治療方針がまちがっていたのなら、右肩上がりの改善など見せずに、当初から状態は悪くなっているはずではないか。

「ちがいます。これまでは順調だったのです。今朝急に悪くなられたのです」

「では皇太后様が、なにか大きな病を併発したとでも言うのか？」

医次長が指しているのは、心臓や脳の病など急に発症して生命のかかわる類《たぐい》のものだ。そうであれば急変は致し方ない。だが皇太后の症状は、そんなものではなかった。

「いえ、そうではなく、むしろ当初の症状がぶり返して、さらに悪化したような……」

歯切れ悪く答えた珠里に、医次長は鬼の首でも取ったかのように叫んだ。

「ならばそれこそそなたの慢心ではないか。皇太后様がこのような状況になったのは、そなたの治療がきちんと奏功していなかったという証明に他ならぬわ！」

医次長の非難に珠里は手を握りしめる。反論したい部分はいくらでもあるが、ある部分で痛いところを衝《つ》いていた。一見大きく改善したようでも、皇太后がまだ万全ではなかった。だから短期間でここまで再燃させてしまったのだ。彼女は半年間も臥《ふ》せっていたのだ。ひと月やそこらで完治するはずがない。

――長く病に臥していた者は、治癒《ちゆ》にはその倍の時間をかけて根気よくむきあうのだ。

父の教訓を思いだす。もちろん、これまでだって忘れてはいなかった。

だが順調な回復に、どこか油断している部分はあった。時々の波はあるだろうとは思っていたが、ここまでぶり返すことはさすがに考えていなかった。

（油断した……）

半年間もかけて悪くした身体《からだ》がひと月やそこらで完治することが難しいことぐらい、十分な経験と知識を持つ医次長であれば承知しているはずだ。そのうえで〝染み〟を消そうとこんな横暴を言っているのだ。

馬鹿だ、本当に。碧翔にも、足をすくわれないように気をつけろと言われていたのに。

「こうなったからには、そなたは皇太后様のお世話から身を引け。われわれでなんとする」

医次長の要求に、珠里はあわてて声をあげる。

「待ってください！　いまの皇太后様は、わずかでも心身に負担をかけられる状態ではございません。ましてこれまで拒絶していた男性からの診察など、受け入れられるはずがありません」

「過去には貴人に対して、垂簾《すいれん》のもとに診療を行うことはいくらでもあった」

「ですが、それでは十分な望診《ぼうしん》は行えません！」

珠里は叫んだ。あるいは卑怯《ひきょう》な言い分なのかもしれない。しかし珠里は皇太后を直接診ることができるという、自分の絶対的に有利な条件を必死で訴えた。

ここまで為してきた仕事を途中で手放したくなかった。あきらかに自分の手に負えないというのならともかく、時間さえあればきっといまの方針でまちがってはいないはずなのだ。

そのせつなだった。

熱くなっていた頭に、まるで誰かが忍び寄ったように冷ややかな言葉がささやかれる。

――本当に？　本当に正しいの？

冷水をかけられたように、すっと熱が引いた。

するとまるでそれを見計らったように、医次長が言った。

「仮にそなたの治療方針や処方が正しかったとしても、方剤《ほうざい》の調合具合をまちがったということもありうるのではないか」

「…………」

「未熟な者であれば、生薬《しょうやく》の減毒処理を誤るということもある」

「し、生薬はここの在庫品を使っております。ですからそのような心配はありません」

「ならばそなたの調合の不具合か」

あくまでもこちらの不手際《ふてぎわ》を前提にして話をつづけてゆく医次長に、珠里は怒りと動揺《どうよう》で反撃の言葉が紡《つむ》げなくなる。

「確かにそなたの処方は太医長から御墨《おすみ》付きを得ているると聞いておるが、直近の調合までいちいち確認はしておられませぬな」

医次長は太医長に矛先《ほこさき》をむけた。

太医長が気難しい表情のままうなずくと、それまで黙っていた碧翔が口を挟んだ。

「薬方部の減毒処理が甘かったということは考えられぬのか？」

思ってもみなかった指摘に、珠里はぎょっとする。

いっぽうで表情を強張《こわば》らせる医次長に、碧翔は淡々と言う。

「そもそも范《はん》珠里の処方箋《しょほうせん》に対して、薬方部は誤った生薬を持ってきたではないか」

「そ、それは――」

医次長は露骨に狼狽《うろた》えた。組織の失態を指摘されることは、上に立つ者としては耳が痛いことだろう。診察初日という日取りを考えても、まさかあの程度の嫌がらせに医次長の地位にある彼がかかわっていたとは思えないが。

そこでふと珠里は思いつく。最初は好意的だった医官達が、女医になりたいという希望を口にした途端にいきなり牙をむいてきた。

(まさか?)

薬方部の人間が、故意に誤った生薬を提供していたとしたら――とつぜん皇太后《こうたいごう》の症状が悪化すれば、珠理は信用を失って女医への途《みち》を閉ざされるだろう。

次の瞬間、珠里は叫んでいた。

「では、私に減毒処理をさせてください」

珠里の要望に、医次長はものすごい形相《ぎょうそう》で彼女をにらみつけた。あからさまに薬方部を疑った言い分なのだからとうぜんだ。だが珠里とて、この状況で遠慮《えんりょ》などしていられない。皇太后が改善を得られなければ、自分は女医になれない。

「そなた、われわれの――」

「おそらくそれはございませぬ」

何事か反論しかけた医次長を遮《さえぎ》り、きっぱりと太医長が述べた。

その目差《まなざ》しは珠里でも医次長でもなく、碧翔にだけむけられていた。くだらない諍《いさか》いなど目に入れるに値しないとでもいうように。

「あの誤りを受けて、生薬の扱いにかんして二重に確認する仕組みを成立させております」

太医長の答えに、碧翔は納得したようにうなずいた。あの晩碧翔は太医長に、組織としてまちがいが起きないように対処するよう申し付けたのだ。

珠里は猛烈な羞恥《しゅうち》に襲われた。医官局を疑うということで、自分は恩義ある太医長を疑ってしまったのだ。なんという恩知らずな。

思いっきり自己嫌悪に陥《おちい》る珠里に、ここぞとばかりに医次長が言った。

「では、そなたの調合間違いしか考えられぬな」

「そんな！」

「陛下、どうぞ私に皇太后様のお世話をお任せください。宗室《そうしつ》の方々の御身を守る者として、このようなどこの馬の骨とも知れぬ娘に国母《こくぼ》の身を委《ゆだ》ねることは我慢がなりません」

馬の骨という言葉はともかく、医次長の言い分は珠里にも納得できるところがあった。

彼にかぎらず医官局の者は、国から認められた医官としての誇りを持ち、己の業績と研《けん》鑽《さん》を積んでいたにちがいない。それをいきなり男という、本人にはどうしようもない理由でその仕事を奪われてしまったのだ。

（ああ、同じだ……）

憑《つ》き物《もの》が落ちたように珠里は思った。

女だという理由で、医師としての途をことごとく閉ざされてきたから理解できる。染みをとり除きたいという排他的な思いの外《ほか》に、そんな感情も医官達の間にはあったのだろう。

──男には男なりの理不尽が存在するのだ。

気がつくと碧翔は、苦渋《くじゅう》の面持《おもも》ちで医次長の訴えを聞いていた。

彼の表情に珠里はおびえる。医次長の真意が伝わったのだろうか？　あるいは同じことに碧翔も気づいたのだろうか？　いや、それよりもひょっとすると、先ほど珠里が抱いた〝正しいのか〟という疑念を見抜かれたのではあるまいか？

不安がますます増幅してゆく。

やがて碧翔は、師に判断を仰《あお》ぐように太医長に尋ねる。

「そなたはどう思うか？」

それまで黙っていた太医長だったが、まるで用意していたかのように少しも逡巡《しゅんじゅん》することなく己の答えを述べた。

「私はなによりも、病人の意思を優先することが肝要《かんよう》かと存じます」

太医長の一言に、珠里も医次長も言葉を失う。

やがて珠里の心に、ふたたびの羞恥が込みあげてくる。

女であること、男であること、いや人として存在するからには、あらゆる立場で理不尽は存在する。

だが病人には、医者の立場など関係がないのだ。

見ると、さすがに医次長も気まずげな面持ちをしている。汪礼は彼らしく緊張感のない態度で、それでも一目置いたように太医長を眺めていた。

いっぽう碧翔は、執務机の前でしばし思案する。

やがて彼はひとつ息をつき、静かに告げた。

「分かった、太医長。しばらくの間、母上のことはそなたに任せよう」


翌日から珠里は、皇帝宮に与えられた部屋に引きこもって過ごしていた。

皇太后の担当を外されたのだから家に帰されるかと思っていたが、そうはならなかった。太医長が行う垂簾越しでの診察がうまくいかなかった場合を考えたのかもしれないが、この状況で引き留められても針の筵《むしろ》である。

碧翔は太医長を選んだ。それは賢者であればとうぜんのことで、あの状況で双方どちらかの主張を受け入れて珠里か医次長を選んでいたら、とんでもない浅慮な皇帝である。

医次長も含めた三人の治療者の中で、太医長だけが病人のことを尊重していた。珠里と医次長は、己の功や自尊心のほうを優先させていた。

もとより太医長に及ばないことは分かっていたが、あんなあたり前のことに気づけなかった己の浅はかさに珠里は猛烈に腹をたてていた。

——なによりも、病人の意思を優先することが肝要かと存じます。

同じ言葉を何度も父から聞かされていたというのに、あのとき珠里はまちがいなく自分の欲や自尊心を優先していた。皇太后を治せなければ女医になれないという焦りばかり先に立っていた。皇太后にどうしたいのかと訊こうなどと考えもしなかった。そんな自分には、患者を診《み》る資格などないように思えてならなかった。

そうやって鬱々《うつうつ》と過ごしていれば、とうぜんながら気持ちが上昇するはずもない。

さすがにこれではまずいだろうと外に出てみることにしたのは、三日目の朝だった。

とはいえ皇太后宮に行くわけにもいかないし、医官局の書庫は行きにくい。そもそもいまの自分が書庫に行くことに意味があるとは思えなかった。

父が亡くなってから、山のような彼の書物を前に同じことを思った。あのときと同じ空虚な思いが、ふたたび珠里の胸に穴を作っている。

深いため息をつき、ひとまず回廊《かいろう》に出る。特に目的もなくぶらぶらと進んでいると、池の水面に浮くように咲く、薄紅《うすべに》の一輪の蓮《はす》の花に気づく。池のほとりには青々とした葉を茂らせた柳が立ち、花弁に触れるように長い枝を垂らしている。

「いつのまに?」

時季的に早咲きのものだろう。毎日のように通っていた場所なのに、蓮が在ること自体に気づかなかった。宮城《きゅうじょう》に来てからは皇帝宮を拠点に皇太后宮と医官局を往復するばかりで、外の景色を眺める余裕などなかったのだ。

立ち止まってしばらく景色を眺めていると、背後からぽんっと肩に手を置かれた。振り返るとそこには唱堂が立っていた。

「少し、久しぶりだな」

妙な表現だが、確かに最後に会ったのは数日前の調剤室だったので適当かもしれない。皇太后の衝撃的な告白を聞く前日のことだ。あのときは、よもやいまのような事態になるとは思わず——。

「そなたが言っていた本、ようやく持ってくることができたぞ」

朗《ほが》らかに告げられた言葉に心が揺さぶられる。唱堂の手には、そのとき珠里が調剤室で頼んだ書物があった。

だが、現実がすぐに気持ちを萎《な》えさえる。

「すみません。もういらないのです」

唱堂は特に不審な顔はしなかった。彼とて珠里が皇太后の担当を外されたことは知っているだろう。そのうえで敢《あ》えて本を持ってきたのは約束をしていたからか、それとも向学心は別のものと考えているからなのか分からなかった。

「せっかく探したんだぞ。いまは使えなくとも今後の参考にはなるだろう?」

責めるようではなかったが、唱堂はぐいっと冊子を押しつけようとした。それでも珠里は手を伸ばそうとしなかった。

「参考になどなりません。私は医者じゃないし、これからもなれないのだから」

自分で口にした言葉が胸に突き刺さる。

もう駄目なのだ――これで女医への途は閉ざされてしまったのだ。黄蓮《おうれん》の悲劇を二度と繰り返したくない。そのために女医に、そしてその制度を確立させたいと願っていたのに、それはもう叶わない夢となってしまったのだ。

（お嬢様、ごめんなさい……）

自己嫌悪と無念の思いが胸を重くする。

口ごもる珠里をしばし見下ろしたあと、おもむろに唱堂は言った。

「そう、諦めるものでもないと思うぞ」

珠里は眉《まゆ》を寄せて、彼の顔を見上げた。

「そなたが宮城を出されていないということは、陛下はまだそなたを必要としているということではないのか？」

理のある唱堂の言い分に、珠里は素直に喜ぶことができなかった。

おそらく碧翔は、これまでの珠里の功績を否定したわけではないのだろう。少なくとも皇太后が悪くなったと聞いたとき、責任を追及するようなことは言わなかった。

だがあの直後の医次長とのやりとりで、功を焦った自分を碧翔は見抜いたのだ。だから太医長に任せることにしたのだろう。張りつめる中で静かになされた決定に、珠里はそう思えてならなかった。

自分の問いに答えない珠里をどう思ったのか、唱堂はひとつ息をついた。

「実際、太医長はご苦労なされているようだ。いかに名医でも垂簾《すいれん》越しでの診察は難しい。まして皇太后様は、口頭での返答も芳《かんば》しくないという状況らしいからな」

確かに直近に会ったときの皇太后はそのような状態だった。ということは、あれから容態は変わっていないということか。

（いったい、どうしてあんなに悪くなられたのか………）

冷静になって考えてみても分からない。考えられることとしたら、それこそ医次長の言うように調合を誤ったのか、あるいはそう思うことは良心が咎《とが》めるが、薬方部で扱われた生薬《しょうやく》そのものになにか問題が起きたのか――。

ひょっとして女子胞《じょしほう》の問題だけではなく、他になにか大きな病が隠されているのではあるまいか？

（だとしたら、それを見抜けなかったくせに、医者になりたいだなんておこがましい）

診断もついていないうちから、自嘲《じちょう》的に思ったときだ。とつぜん唱堂から左手を取られ、抗《あらが》う間もなく書物を握らせられていた。

「どう思うかは知らんが、読んでおいて損はないぞ」

根拠の分からぬ前向きな言葉に、珠里は少しばかり反発する。しかし困ったことに受け取った本はものすごく興味深そうだ。ぐらりと傾きかけた思いを、珠里はあわてて引き戻した。

「そ、損ですよ！　時間の無駄じゃないですか」

「結果的にそうだったとしても、その若さで物事を損得だけで考えるものじゃない」

正論に反論できずにいると、唱堂はひとつ手を振って立ち去っていった。

しばしその場に立ち尽くしたあと、珠里は書物をぎゅっと胸に抱き、踵《きびす》を返して来た道を戻りはじめた。いまさら読むつもりなどないが、貴重な書物をなくすわけにはいかない。ひとまず部屋に片づけておこうと考えたのだ。

回廊を進んでいると、少し先に宮女の後ろ姿が見えた。身をかがめるようにして壁に凭《もた》れている。なんだろうと早足で近づくと、彼女は腹部を押さえて苦痛の表情を浮かべていた。

珠里が与えられた房は、皇帝宮に仕える少し身分が高い宮女のための宮内にある。珠里は自分より三、四歳は年下と思われるこの少女をときどき見かけていた。

「どうしたの、具合が悪いの？」

声をかけると、少女は顔をあげた。

「ちょっと……私、月のものがひどくて」

「ああ」

なるほど。この歳《とし》の娘なら身体《からだ》も未成熟で、月経も不安定だろう。

「時間があるのなら私の房にいらっしゃいよ。いい薬があるから」

珠里はさほど月経痛はひどいほうではなかったが、それでもときどき生じるので先日手がすいているときに作っておいたのだ。確かに方剤《ほうざい》は個々の適応はあるが、月経の悩み全般に効果があるとされる薬なのでおそらく効くだろう。

「え、いいのですか？」

「もちろん。すぐそこだけど歩ける？」

珠里が二つ先の扉を指差すと、少女はこくりとうなずいた。それでも珠里は彼女の身体を支えるようにして房に連れていった。少女を長椅子《ながいす》に座らせてから、鉄瓶《てつびん》に方剤と水を入れて火炉《かろ》にかける。沙鐘《すなどけい》をひっくり返してから、珠里は尋ねた。

「いつもこんなにひどいの？」

「ええ、わりと。月経そのものが毎月ではないのですけど……」

「あなたぐらいの歳だと、そんなこともあるわよ。そのうち落ちついてくるわ。そうしたら痛みも少し和《やわ》らいでくると思うのだけどね」

話しながら珠里は少女の症状を確認し、自分用に作った方剤でおそらく適応するだろうと判断した。煎《せん》じた薬を飲ませてから、四日分の方剤を持たせると少女は深々と頭を下げた。

「ありがとうございます。范さんが来てくれてから、宮女達がみな喜んでいます。特に私達のような下《した》っ端《ぱ》は、なかなか宮医に世話になることもできないので」

その言葉に珠里は曖昧《あいまい》な笑みで返した。しかし皇太后《こうたいごう》はその身分ゆえに宮医の診療を拒否しているのだから、下っ端という彼女の言い分も皮肉なものである。

それにしても煎じ薬にそんな即効性があるとは思えないのだが、少女は痛みなどどこかに飛んだように朗らかだ。

（やっぱり、気の持ちようってあるのよね）

もちろんそれだけを病の要因にしてしまうことは大変に危険なことだが、多かれ少なかれ影響はしているはずだ。軽やかとまではいかないが、入ってきた時とは別人のようにしっかりした足取りで帰ってゆく少女を見送りながら珠里は思った。

扉を閉ざし、卓子《たくし》に置いた唱堂から預かった本を見下ろす。

あんなものを読んでももうどうにもならないと思うのに、好奇心が抑えられない。分かっている。自分がなにを求めているのか。つい先ほどまであれほどの空虚が心にあったのに、話を聞きながら薬を煎じている間は、まるで乾いた砂が水を吸い込むように心が満たされていった。

もはや女医にはなれないと分かっていても、人の診察や治療をすることが楽しい。人から求められる仕事をすることは、資格や立場など関係がなくこれほど心を充実させることなのだとつくづく思い知らされた。

このまま廂《しょう》に戻ったあと、自分はどうなるのだろう。

ふたたびあの空虚な思いを抱いたまま過ごすのだろうか？　父が亡くなってからずっと抱きつづけたあの虚《むな》しさは、宮城《きゅうじょう》で皇太后を診《み》るようになってからは感じなくなっていたというのに――。

（いやだ……）

卓子の上に手をつき、珠里はがっくりと項垂《うなだ》れた。

考えただけで気が滅入《めい》ってくる。いや、そんな簡単なことではすまない。本当にどうにかなってしまいそうだ。なんでもいい。どんな形でもいい。医者としての仕事がしたい。他の人生など考えられない。この喪失《そうしつ》感を埋められなければ、精神の均衡を崩してしまいそうだ。

どうにかして、この虚しさを埋めたい。

そのせつなだった。

まるで火花が散ったように、珠里の脳裏《のうり》にひとつの考えが閃《ひらめ》いたのは。

「……埋められなければ？」

皇太后の身に起きた数々の悲劇。

娘である莉香を手放さざるをえなかったこと。夫である帝《みかど》から遠ざけられたこと。わが子を犠牲《ぎせい》にして生さぬ仲の碧翔を育てなければならなかったこと。そのどれもこれも、普通の女性なら精神の均衡を崩しかねない屈辱《くつじょく》であり悲劇だ。

しかし皇太后はそんな懊悩《おうのう》を露ほども出さず、碧翔をきっちりと育て上げた。

それは彼女の強さでもあるのかもしれない。だが人は、十九年もそんなことがつづけられるものだろうか？

「ちょっと、待って……」

これまで珠里は、皇太后はずっとため込んでいた心労がここに来て爆発してしまったのだと思っていた。だが生さぬ仲の碧翔はようやく手を離れ、いま腹を痛めた莉香が戻ってきた。なぜここで、そんなことになるのだろう？　もっと以前にそうなっていておかしくないのに。

もしかしたら皇太后は、それをずっと抱えていたわけではなく、とっくに折り合いをつけていたのではないのだろうか？　それこそ、納得はしていなくても自分の心身を守るために、本能的に――。

ならば皇太后の心を支えたものがなにかあるはずだ。だからこそ彼女は耐えられたのだ。

しかしそれが奪われた？　では、奪われたそれはいったい？

――母上は私のために、あらゆるものを犠牲にしてこられた。

――そのおかげで、私は無事に即位を果たした。

――だからこれからは、ご自分の楽しみのために生きていただきたいと思っていた。

宮城に入った日の夜、碧翔が言った言葉を思いだして珠里は息を詰めた。

やがて小さく開いた唇から、呼吸とともに言葉がもれた。

「皇太后様、もしかしたら……」

卓子から手を離し、珠里は出入り口の扉を見つめる。

だが、すぐに現実がよみがえってきた。だからなんだというのだ。いまさら自分になにができる？　自分は碧翔の信頼を失った。我欲にとらわれ、病人の心を思いやるという医者としてもっとも大切な心を忘れてしまっていたのだからとうぜんだ。いまさら自分がなにを告げたところで――。

物思いを打ち破るように、こんこんと出入り口から音がした。

扉を開くと、そこには永琳が立っていた。珠里は驚きに目を見張った。別に出入り禁止ではないが、宮女の中でも古参の彼女が皇太后宮から出ることは珍しかった。それこそ、先日の皇太后の病変を知らせに来たときぐらいではないか？

永琳が中に入ってよいかと訊いたので、珠里はただならぬ状況を予測しつつ彼女を中に入れた。

「どうしたのですか？」

扉を閉ざしてからあらためて問うと、永琳はびくりと肩を震わせた。おびえた表情に、珠里は訝《いぶか》しげな目をむける。

「永琳さん？」

「……私のせいなの」

「え？」

永琳は痛みを堪えるよう、ぎゅっと眉《まゆ》を寄せた。

「実は皇太后様に押し切られて、先日のことをお話ししてしまったの」

「──陛下が聞いていたことをですか？」

自然と抗議するような表情になっていたのだろう。永琳は申し訳なさそうに顔を伏せる。

彼女の反応に、珠里はあわてて言いつくろう。

「確かにこんなふうに陛下がぱたりと来なくなってしまっては、皇太后様だって疑うに決まっていますよね。遅かれ早かれお伝えしなければならなかったでしょう」

自らに言い聞かせるように珠里は言った。

屁理屈かもしれないが、碧翔は皇太后の評判を守るために第三者に広げないよう口止めしたのだ。皇太后に言うなとは言っていないし、永琳の立場からして皇太后に命じられたら逆らえなかったのだろう。

「ごめんなさい、すぐに言えなくて」

快活な永琳らしくもなく悄然《しょうぜん》とした姿に、珠里はゆっくりと首を横に振った。

あのときそれが分かっていれば、とうぜん病状の悪化の原因として考えただろう。だからといって記憶をいじることなどできないから、治療には別に影響しない。

そもそも人は健《すこ》やかな心身があれば、親の死でも耐えることができる存在なのだ。だから皇太后への治療はあらゆる衝撃に耐えうる強い心身を作ることで、それができていなかったからこのような結果になったのだ。

だが永琳の告白で、先ほど思い悩んでいたことが確信に変わった。

——そうだ、きっとそうにちがいない。

確かな思いが身体《からだ》の内側に満ちてゆく。

「大丈夫ですよ、永琳さん」

珠里の言葉に、がっくりと項垂れていた永琳は顔をあげた。

「ひとまず永琳さんは皇太后様に、陛下がこの件で皇太后様を咎《とが》めるつもりはないのだということを、きちんと伝えておいてあげてください」

「それはもう、皇太后様にお話ししたときに一緒に……」

だから心配することはないと、永琳は告げたのだという。それでも皇太后は、その夜から状態が悪化したのだという。その事実に、珠里は自分の考えをさらに確信する。

「それなら、きっと大丈夫です」

すがるような目をする宮女に対して、珠里は力強くうなずいた。


翌日、珠里が宮城に戻ってきたのは、閉門の鐘が鳴る寸前だった。外城から宮城まで四つの区域の門は、それぞれ少しずつ時刻をずらして閉ざされ、最奥の宮城は最も早く閉門する。

皇帝宮に戻った珠里は、太医長が控える宮医室にむかった。普段であれば高位の大士《だいし》が交代で宿直をするのだが、皇太后の件もあり、ここ数日は太医長が詰めている。

回廊《かいろう》を走っている途中で、珠里は宮医室の前に立つ莉香を見つけた。大袖衫に裙《くん》を着けている。ひょっとして中に唱堂がいるのかと思った矢先だった。

「お前、どこに行っていたのよ！」

いきなり頭ごなしに怒鳴りつけられ、珠里はびくりと足を止める。とはいえ怒鳴られるような謂《いわ》れはないし、とりあえず急いでいるのだ。

「長公主様、ちょうどよかった。お願いがあるのです！」

「お前、この展開でどうしてそんな能天気な言葉が出てくるの？」

目を半眼《はんがん》にしつつ応じると、莉香は気を取り直したように告げた。

「やっぱりお前がお母様を診《み》なさい。いくら太医長でも垂簾《すいれん》越しではうまくいかないのよ」

唱堂からも聞いていたことを、もっと直接的に莉香は言った。

「そのことを太医長にかけあおうと思って来たのよ。でもいま不在で、もしかしたらお母様のところにいるのかもしれないけど」

莉香は自分が宮医室に来た理由も述べた。とはいえ命令を下したのは碧翔だから、太医長にそれを提案するのは見当違いだと思うのだが。

「皇太后様はそれほどお悪いのですか？」

「四日前となにも変わらないわ」

忌々《いまいま》しげな莉香の答えに珠里は表情を硬くした。つまりあの悪化した状況から改善の兆《きざ》しがないということだ。他に大きな病を併発しているというのではないのなら、気力を立て直さなければなかなか改善にはむかわないだろう。

（だったら……）

珠里は右手を強く握りしめた。

あるいは思い込みかもしれないが、現状が変わらないのなら試してみる価値はある。

「お前、なにを持っているの？」

ふと気づいたように莉香は問う。珠里は右手に四角い箱のようなものをぶら下げていた。

大きさは婦人の頭ほどのものだ。しかし周りは薄紙でおおわれて、中はうかがえないようになっている。

「皇太后様へのお見舞いです」

「見舞い？」

なにを呑気《のんき》なことを、とばかりに莉香は眉を寄せる。しかし珠里はかまわず彼女に詰め寄った。

「長公主様、私を皇太后様のところに連れていってください。私はいま担当を外されていますから、勝手におうかがいすることができません。それで太医長に取り次ぎをお願いしようと思って来たのです」

そこで珠里は一度言葉を切り、深々と頭を下げた。

「お願いします。もし私の考えが正しいのなら、いまのままでは皇太后様のお気持ちは晴れません。健康な身体を取り戻すためには、治療をつづける気力が必要です。そのために取り払える憂《うれ》いは、可能なかぎり払ってさしあげたいのです」

珠里の懇願《こんがん》に、莉香は美しい顔を険しくした。

「他人のお前が、なぜそんな分かったようなことを言っているのよ」

「え？」

「だいたいお母様の憂いってなに？　私はお母様と和解ができたのよ。陛下の件だって本人は不問に付すって言ったのでしょ？　経緯はお母様から聞いたわよ。だったらなにを憂えることがあるのよ？」

どうやら件《くだん》の事情は莉香にも伝わっているらしい。

莉香の声はかすかに震えていた。怒りか失望か、あるいはその両方なのか。

その反応で、珠里ははじめて気づいた。皇太后の症状の再燃は、莉香にとってもまた衝撃的なことだったのだと。

自分との和解で母親の憂いは取り払われたと思っていたのに、他人である碧翔のためにふたたびこんなことになってしまった。その状態で同じく他人である珠里からこのように言われることは、莉香の愛された娘としての自尊心を刺激したのかもしれない。

しかし――。

「ちがいます。皇太后様にかぎったことではないのです」

あわてて珠里は訴えた。

「私、分かったのです。男でも女でも、人は人生に甲斐《かい》を見つけることが必要だって」

「それで、そなたはなにに甲斐を見つけたのだ」

とつぜん割って入った声に、珠里は聞き覚えがあった。

視線をむけると、あんのじょう回廊の端に太医長が立っていた。

莉香はぎょっとしたように目を見張ったが、もともとここは宮医室の前だから、彼が戻ってくることは不思議でもない。

だから珠里は動じもせずに答えた。

「自分の為したことが、きちんと成果を収めることです」

意味の分からぬ顔をする莉香のむこうで、太医長はぴくりとも表情を動かさなかった。それはまるで、言い分が正しいかどうかを判じる人のように見えた。

珠里は緊張したまま、彼の返事を待つ。やがて太医長は、表情を変えないまま口を開いた。

「正直なことを言えば、途方に暮れておる」

その言葉がなにを指しているのか、珠里はとっさに理解できなかった。だが色々考える前に太医長はさらに言葉をつづけた。

「やはり垂簾越しでの診察は無理がある。そなたの手を借りたいと、陛下にお話ししようと思っていたところだ」

単純に喜ぶこともできず、珠里は戸惑った表情で太医長を見る。なぜなら太医長が求めているものは、直に診察ができるという珠里の圧倒的に有利な条件にすぎないからだ。もちろん病人のために必要というのなら従うが、それで浮かれてしまうことは違う。なぜならそれは珠里の力量を認めてのことではないからだ。

それに碧翔がなんというのかも気になった。碧翔は珠里を、皇太后の担当から外した。

それは女医になるために功を焦る心を見抜いたからではないかと思っている。だから珠里は、自分は彼に見限られたのではないかと疑っていたのだ。

「陛下は、私がふたたび携《たずさ》わることをお許しくださるでしょうか？」

おそるおそる珠里が尋ねると、太医長は予想外のことを聞いたように首を傾《かし》げた。

「許しを得るも得ないも、もとよりそなたの手を借りること自体禁止されてはおらぬ。ならば宮に行き、皇太后様のご意向をおうかがいするぐらいは気にすることもない」

「え？」

言われてみれば確かにそうだが、すっかり萎縮《いしゅく》していた珠里は拍子抜けした気持ちになる。

そんな珠里に対して、太医長は促すように顎《あご》をしゃくった。

「いまからお訪ねして、そなたの必要だと思う甲斐を直接お話ししてみるとよい」

それから珠里は、莉香とともに皇太后宮にむかった。もとより莉香は珠里に皇太后を診るように要求していたのだから、一緒に来てくれることは心強い。出会った頃のことを考えれば、おたがいにずいぶんな変わりようだが、もし皇太后がよい顔をしなかった場合に説得をしてもらえるかもしれない。

「で、見舞いってなにを持ってきたの？」

早足で進みながらも気になるのか、莉香は珠里がぶら下げたものにちらちらと目をむける。

「実は今日、市《いち》で探し回ってきたんですよ」

「市って、お前外城まで行ってきたの？」

呆《あき》れたように莉香は言った。

「はい。内城までは医官局に行くのに何度か出ていたのですが、外城はさすがに遠かったですね。閉門に間に合わなくなりそうだったので、帰りは乗合馬車を利用しました」

珠里は後宮住まいではないので外出は制約されていないが、外城まではそれなりの距離があるので、これまで足を伸ばしたことはなかった。

「馬鹿ね、私に言えば馬に乗せて連れていってやったのに」

「……長公主様にそんなことを頼めるわけがないじゃないですか」

親切だか無茶だか分からぬ言い分に、珠里はようやく笑顔を浮かべつつ答える。

最初は公主らしからぬ奔放《ほんぽう》さに度肝《どぎも》を抜かれたが、唱堂が言ったように莉香は根は悪い人間ではない。あれほど敬遠していた裙《くん》を敢《あ》えて着けているのも、病身の皇太后に気を遣ってのものなのだろう。

「それで、結局それはなんなの？」

あいかわらず高圧的に莉香は尋ねる。珠里は口ごもった。勢いで行動してしまったが、自分の考えに確信は持てていない。その段階で人に教えることにはためらいがあった。期待外れになりかねない。

どう思ったのか莉香は興ざめたように眉《まゆ》を寄せたが、それ以上追及することはしなかった。

皇太后宮の門をくぐって正房《せいぼう》に入ると、宮女が驚いた顔で出迎えてくれた。

「范さん、いたのね？　しばらく顔を見せなかったから、帰ってしまったのかと思っていたわ」

「別に、そういうわけでは……」

他に言いようがなく、珠里はあいまいに答えを濁《にご》した。

太医長が言ったように別に出入り禁止にまではされていなかった。ただ一方的に思いこみ、あるいはいじけてしまって足をむけることができなかったのだ。考えてみれば担当を降りる挨拶《あいさつ》もしていなかったのだから失礼極まりない。

騒ぎを聞きつけたのか、奥から永琳が出てきた。珠里は彼女に近づいていき、声をひそめて問う。

「永琳さん、大丈夫でしたか？」

皇太后に真相を告げた永琳が、碧翔から咎《とが》められていやしないかと珠里はひそかに心配していた。永琳は静かに答える。

「私は大丈夫。そもそもあれから陛下は一度も皇太后宮においでにならないしね」

安心はしたが複雑な答えである。

「太医長に話は通してあります。皇太后様にご面会できませんか？」

「……会うぶんにはさほどご負担にはならないと思うのだけど、いまの皇太后様は誰かと細々お話しできる状態じゃないわよ」

永琳の言葉に、傍《かたわ》らで莉香もうなずく。

「苦しんでいるわけではなく活力がないのよ。体力的には多分起き上がれるだろうし、歩くことだってできると思うわ。だから太医長も、積極的に誰かと話をするようには言っているわ。ただそれをすることも億劫《おっくう》だという感じで……そのことを気に病んで、また落ちこんでいるようなの」

莉香の説明に今度は永琳がうなずく。

珠里は右手に力を込めて、ぶら下げたものに視線を落とす。

そうなのだろうか？　自分が考えた通りなのだろうか？　だとしたら皇太后は、自身の本心に気づいているのだろうか？

（いずれにせよ、お会いしてみないと分からない）

珠里は決意を固め、永琳に取り次ぎをしてもらうように告げた。

永琳がいったん引っこんだあと、珠里は莉香にむかって言った。

「長公主様。皇太后様と二人でお話しをさせてくれませんか」

懇願《こんがん》というより宣言のような物言いに、あんのじょう莉香は柳眉《りゅうび》を逆立てた。

しかし珠里が動じずにいると、苛《いら》ついたように舌を鳴らして言った。

「……分かったわよ」

「ありがとうございます」

「本当に、お前って失礼ね」

やけくそのように莉香が言ったとき、永琳が戻ってきて訪室の許可を告げた。

前庁《ひろま》の椅子《いす》にどんっと腰を下ろした莉香をちらりと見やったあと、永琳は珠里に「あとで、おいしいお茶とお菓子を差し上げておくわね」とささやいた。

莉香と別れてから、皇太后の寝室にむかう。四日ぶりに入った皇太后の寝室は、窓は帳《とばり》が下ろされ薄暗かった。聞いたところでは太陽の光がやけに眩《まぶ》しく感じられて落ちつかないのだと言う。帳が緩《ゆる》くたなびいているところから、窓だけは開いているようだった。

（窓を開けていられるということは、冷えの問題は大丈夫なのね）

しかし寝台は天蓋《てんがい》から帳が下りており、珠里が立っている出入り口からは影がうごめいているようにしか見えない。

（いくら太医長でも、こんな状況で診察ができるはずがないわ）

あらためて太医長の苦労を知り、自分の迂闊《うかつ》さを感じ入る。あのとき皇太后のことを第一に考えた答弁をしていたら、碧翔は自分を担当から外さなかった気がしてならなかった。そうすれば太医長がこれほど苦労することもなかっただろう。

「皇太后様、珠里が参りました」

状態を気遣ってだろう。永琳が声をひそめて呼びかける。しかし聞こえていないのか、あるいは気力がないのか、帳のむこうの影はぴくりとも動かない。永琳は困惑気な顔をするが特にあわてたようすでもない。ということは予想できた反応だったのだろう。

どうしようかと悩んだが、さらに声を大きくして珠里も呼びかけてみる。

「ご無沙汰《ぶさた》しております、皇太后様」

聞こえないはずはない声量だ。しかし帳のむこうで反応はなかった。珠里と永琳はたがいに目を見合わせあう。返事を待たず中に入るという手段も考えたが、以前ならともかくいまの自分にそこまでの権利があるとは思えなかった。

「今日は諦めた——」

遠慮《えんりょ》がちに永琳が言いかけたとき、室内にえも言われぬ美しい音色が響いた。

ゆっくりと鳴る鈴のような、あるいは滑らかに奏でられる笛のような音色は珠里が手にしていた物から聞こえてきた。

「な、なによ、それ？」

永琳が目を円くして珠里の手元を見る。珠里自身も、これまで物音すらたてなかったところでのとつぜんの鳴き声に驚いていた。とはいえここまで鳴かなかったことのほうが、奇跡に近かったのだろうが。

「これは……」

珠里が永琳に説明をしようとしたときだった。

「メジロ？」

帳のむこうで、皇太后の声が聞こえた。驚きに一瞬黙ったあと、珠里は声を大きくした。

「そうです、皇太后様がお好きだという！」

帳のむこうに沈黙が流れる。やがて影がうごめき、片方の帳が手で払いのけられた。目を見張る珠里の横で、永琳が素早く駆け寄る。

「皇太后様！」

永琳が帳を手早く脇によせると、奥から横たわったまま、顔だけをこちらにむけた皇太后の姿があきらかになった。再燃してから、せいぜい四日か五日だ。急に痩《や》せ細るわけもない。だがその表情からは、莉香が言うようにあきらかに活気が失われていた。

珠里は皇太后の傍まで行き膝をつくと、紙を取り払って木製の鳥籠《とりかご》をあらわにした。中の止まり木では、緑色の小さな鳥が羽根を休めている。まじまじと目をむける皇太后に、珠里は言った。

「治療の一環です。この鳥を飼ってくださいー」

とっさに答えられないでいる皇太后に代わるよう、永琳が叫ぶ。

「ちょ、あんたなにを言っているの？　皇太后様の体調を考えたら――」

「可愛《かわい》いわね。それにとてもよい声だわ」

皇太后は弱々しいながらも穏やかな声で、永琳の言葉を遮《さえぎ》った。永琳は虚を衝《つ》かれたような顔をし、あらためて皇太后のようすを確認する。そしてその表情が声音《こわね》と同様に穏やかであることに気づき、気を取り直したように口を開いた。

「そうですね、御慰めになるやもしれませんね。私共が世話をすれば大丈夫ですよね」

「それじゃだめなんです。皇太后様にお世話していただかないと」

素早く珠里は言った。頭ごなしの否定に永琳はさすがにむっとした顔をする。

「なにを言っているのよ。皇太后様は身体《からだ》を起こすことも大変な状態なのよ。鳥の世話なんてできるはずがないでしょ」

「やってみてください。できなければそのとき考えますから」

二人が言い争う中、皇太后はなにか思案するように籠の中のメジロを見つめていた。

やがて彼女はおもむろに視線をあげる。まじまじとむけられた瞳の奥は潤み、光が揺らいでいた。

「昔は人の手も借りないで、なんでもしていたのよ」

「…………」

「……どうして、こんなことになったのかしら」

途方に暮れた皇太后の声音は、語尾が震えていた。

これまで聞いたことがなかった彼女の弱音に、珠里は胸を突かれる。それは自身の身体のことなのか、あるいは――。

「碧翔の即位も無事に終わり、莉香も私のもとに戻ってきてくれたのに、どうしていまになってこんなふうに……」

小刻みに首を横に振ることを繰り返したあと、皇太后は両手で顔を覆《おお》った。永琳が痛ましげに表情を歪める。もらい泣きなどではなく、彼女自身が泣き出してしまいそうだった。

これまでの憂《うれ》いがすべて解消し、これから自分のために人生を生きようとした矢先に、理由の分からぬ病でなにもかも思い通りにならなくなる。その無念は万人に伝わるだろう。

だが珠里は、その憂いこそが皇太后を支えていたのではないかと思った。

「皇太后様」

珠里の呼びかけに、皇太后は手を離して顔をあげた。

彼女が自分のほうをむいたことを確認してから、珠里は問う。

「いまでも陛下のことを、疎《うと》んじておいでですか？」

皇太后は泣きぬれた瞳を見張った。珠里はあわてて首を横に振った。

「もしそうだとしても、それは人としてとうぜんのことだと思います。陛下もそのことは十分承知しておられます」

　そこで珠里は一度言葉を切って、あらためて皇太后の顔を見つめる。

　彼女の紅を塗らない乾いた唇は、もの言いたげにうっすらと開いていた。

「ですがもしそうではないのだとしたら――」

「ちがうわ！」

　皇太后は声をあげた。そして枕で頬《ほお》を打つように、首を左右に振った。

「ちがう、ちがうの。そうじゃないの！」

「こ、皇太后様……」

　先ほどの力ないようすとは別人のような激しさに、永琳は目を円くする。

　やはりそうなのだと、珠里は確信した。

　皇太后は手で目元を覆い、天蓋にむかうように語りだした。

「確かに憎かったわ。特に莉香がいなくなってからは、こうなったのは碧翔のせいだと思うと首を絞《し》めそうになったこともあったわ。正直いまでも、あの女の産んだ子だというわだかまりはある」

　紛《まご》うことのない本音だろうが、過激な言葉に永琳はさすがに青ざめる。人に聞かれたら大変な内容も口にしている。

珠里は永琳に対して〝大丈夫だ〟というように目配せをする。告げ口などけしてしない。医者には患者の秘密を守る義務がある。だからこそ患者は、安心して自分の辛《つら》いことを話してくれるのだ——それも父の教えだった。

「でも……」

ふっと熱が引いたように、皇太后はもらした。珠里は息を詰め、彼女の次の言葉を待つ。

皇太后は目元から手を離した。その瞳に、もう涙は見られなかった。

「だからこそ皇貴妃《こうきひ》である私が、あんな下賤《げせん》な女の存在に動じるわけにはいかなかった。私は皇貴妃の立場にかけて、立派に妻として母として婦道《ふどう》を貫いてみせると誓ったわ。どんなに苦しくても碧翔を立派に育ててみせる。でないと莉香を……最愛のわが子を手放してしまった甲斐《かい》がない」

碧翔の産みの母を、皇太后は下賤な女という辛辣《しんらつ》な言葉で罵倒《ばとう》した。それは高慢にはちがいないが、本音ではあると珠里は思った。彼女は自分の身分や受けた教育に誇りを持ち、だからこそ生さぬ仲であり憎い女が産んだ碧翔を、継子苛《いじ》めもせずに立派に育て上げたのだ。

本当に驚くべき精神の強さだ。だが、その精神の強さを支えたものは——。

「だけどいつのまにか、碧翔を育てることが苦しくなっていったのよ」

自分でも信じがたい。途方に暮れた人のような皇太后の告白に珠里は神経を傾ける。

まるで決意を固める時間を取るように、皇太后はしばし沈黙する。そうして彼女は、罪の告白をするように告げた。

「わが子ではない……それは分かっている。憎い泥棒猫が産んだ子供……それも分かっているはずなのに……少しずつ大きくなってゆくあの子の存在が、いつしか莉香のいない寂しさを埋めてくれていたの」

その言葉に珠里は、全身にみなぎっていた緊張がすっと解けた気がした。

やはりそうだった。最愛の莉香を失った皇太后を支えたものは、憎い女が産んだ碧翔だったのだ。彼を立派に育てることが、いつのまにか皇太后の生き甲斐となっていたのだ。

だが碧翔は、即位をきっかけに皇太后の手を離れた。

彼女は生き甲斐を失った。子育てがひと段落ついたばかりの母親によくある症状だ。

その埋めようもない喪失感《そうしつ》が、年齢から来る不調に拍車をかけた。ようやく戻ってきた莉香も二十歳《はたち》の娘だ。母親がとやかく言えるような年齢ではない。彼女はすでに母親とちがう世界を持ち、家族以外の人間に恋をしている自立した女性だった。

子を育てている婦人であれば、大抵は通りすぎる過程だ。だからこそ他の婦人と同じように、皇太后も一度は乗りこえかけた。珠里の治療も功を奏した。

だが心の奥底にある誰もが持つ負の感情が、心ならずもまるで本心のように碧翔に伝わってしまった。そして碧翔は皇太后の本心を誤解し、彼女のもとを訪れなくなった。その衝撃が皇太后に及ぼした影響が、いまの結果なのだ。

珠里は確信を持って口を開く。

「鳥を育てていただく前に、そのことを陛下にお伝えしていいですか？」

皇太后は首をくるりと回し、枕元にかがむ珠里を見つめた。

「……いまさら、そんな言い訳みたいなこと」

「だけどこのままでは、陛下がお気の毒ですから」

珠里の言葉に皇太后は目を見開く。珠里は一度うなずき、諭《さと》すように言った。

「陛下は怒っていません。それどころかご自分が皇太后様を苦しめておられたのかと、ひどく気に病んでおられます。陛下のお苦しみを少しでも取り除くために、どうぞ皇太后様の真のお心を伝えることをお許しください」

珠里は皇太后の手に触れるように、鳥籠を近づけた。

「どうぞ安心して育ててください。もう誰も毒を盛るなどいたしません。だって皇太后様のことを憎んでいる者は誰一人いないのですから。長公主様も、もちろん陛下も」

皇太后の瞳が揺らぎ、乾いていた目がふたたび潤みかけた——。

ガラガッシャーン。

けっこうすごい音が窓の外で響いた。珠里も皇太后も、もちろん永琳もぎょっとして目をむける。

（な、なにごと!?）

いち早く立ち上がると、珠里は窓際に駆け寄り帳《とばり》をくぐり抜けた。ふわっと浮かんだ帳が背中の先で落ちたのと同時に、珠里は先の光景に目を見張った。

壁の三分の一以上を使った大きな紫檀《したん》の窓枠《まどわく》を挟んだすぐ先に、碧翔が立っていた。

「……陛下!?」

「馬鹿者、大声を出すな！」

あわてて碧翔は止めたが、手遅れのうえにまさしく自分のことを棚《たな》に上げてである。珠里を叱《しか》りつけた彼の声音のほうがよほど大きい。

しかも碧翔の後ろに、莉香が立っていた。その彼女の足元には、鋳物《いもの》の灯籠《とうろう》の頭の部分が落ちている。とすると先ほどの物音はこれだったのだろうか？　情報があまりにも一度に流れてきてうまく処理できない。

「いや……ていうか、なんで？」

呆然《ぼうぜん》とつぶやく珠里に、碧翔はひどく気まずげな顔をする。

そのせつなだった。

「碧翔！」

悲鳴のような声に、反射的に身をかわす。身体《からだ》の横を風と影が同時によぎった。

気がつくと窓枠越しに皇太后が腕を伸ばし、碧翔を抱き寄せていた。先ほどまで起き上がることも困難だったのに、ここまで駆け寄ってきたのだ。

二人はたがいに上半身を引き寄せる形になっていたが、皇太后は碧翔の胸に顔を埋めていたので、その表情はうかがえない。

「碧翔……翔……」

きつく彼を抱きしめたまま、皇太后は言葉もなく肩を震わせた。

いっぽう碧翔は、戸惑ったまま皇太后を見下ろしていた。やがてその表情が泣くのを堪《こら》えているようなものになり、最後にはにかんだような笑みに変わった。

珠里の口許《くちもと》にも自然と笑みが浮かぶ。

碧翔がどこから聞いていたのかは分からない。しかし彼はまちがいなく、皇太后の本心を理解したのだろう。でなければあんなふうに微笑《ほほえ》むことが、できるはずがない。

「よかった……」

珠里がそうつぶやいたとき、とつぜん袖《そで》を引かれた。見ると莉香が、外から手を伸ばしていた。ぎょっとして目を見張る珠里に、莉香は空《あ》いたほうの手を〝こちらに来い〟というように動かした。即座に珠里は反応し、裙《くん》を穿《は》いているのにそのまま窓を乗り越えた。

碧翔は目を疑うような顔をしたが、顔を埋めていた皇太后は気づかなかった。

窓は碧翔と皇太后が真ん前に立っていてもまだ余裕があるほど大きかったが、もちろん問題はそこではない。

珠里と莉香は二人で隅に行き、夾竹桃《きょうちくとう》の植え込みのところで身をひそめた。

一息ついてから莉香は、開口一番に叱りつけた。

「馬鹿ね、お前。ああいうときは気を利《き》かせて二人っきりにしてあげなさいよ！」

それは普通恋人同士への気遣い方だ。そもそもあの場所には永琳もいたではないか。内心で珠里は反発した。まあ確かにあのまま珠里がいたら、皇太后はともかく碧翔はそうとうに気まずく思ったことだろうが……。

「ところで、なぜお二人はあんな場所で立ち聞きなどしていたのですか？」

遠慮《えんりょ》もなく立ち聞きと言い切った珠里に、莉香は顔をしかめる。

「太医長から事情を聞いた陛下が、ようすを確認に来たのよ。私もああは言ったけど、やっぱり気になったので便乗させてもらったの。でもほら、うっかり灯籠を倒しちゃって」

珠里は莉香の足元に転がっていた、灯籠の頭部を思いだした。あんなものうっかりと倒れるものでもないと思うから、莉香はよほど強く押したにちがいない。

「そうですか……でも結果としてはよかったですよね」

「私はお前とちがって、気が利くのよ」

偉そうに言う莉香に、珠里は頬《ほお》を膨《ふく》らませた。

「私だって、長公主様を唱堂さんと二人っきりにしてあげたじゃないですか」

「――はあ、誰が頼んだのよ。そんなこと！」

莉香の絶叫が後宮に響き渡った。


その日の夜、珠里は碧翔に呼び出された。

宮女の案内で居間に入ると、長椅子《ながいす》に腰かけた碧翔の傍《かたわ》らに太医長が立っていた。そして太医長は珠里の顔を見るなり、ふたたび皇太后《こうたいごう》の担当をするようにと告げた。驚いて碧翔を見ると、彼も同意しているというようにこくりとうなずく。

「ありがとうございます！」

声を弾ませる珠里に、太医長はあいかわらずにこりともしないまま語った。

「そなたの父・范利康《りこう》は、そなたに負けず劣らず変わり者であったが、娘に茶の淹《い》れ方も教えずに医術を教えるとは、なにを考えておるのかと首を傾《かし》げたものだ」

「……って、陛下から聞いたのですか!?」

太医長は深々とうなずき、碧翔はとうぜんだとばかりに笑う。

さすがに珠里は真っ赤になった。それまで平然と恥をさらしてきたというのに、知ったあとでは消え入りたいような気持ちである。知らぬが仏というのか、その逆と言うべきなのか。

だいたいそんな恥ずかしいことを人に言わずともいいではないかと反発したが、碧翔からすれば、こんな面白いことを人に言わずにおけるかと思ったのかもしれない。

「その……多分父も、お茶の淹れ方を知らなくて教えられなかったのだと思います」

太医長は苦い薬でも服《の》んだような顔をした。とはいえ否定しないあたりは妙に納得しているのかもしれない。なんとも複雑な気持ちになる珠里の耳に、くっくっとなにかを押し殺すような声音《こわね》が聞こえた。

顔をむけると、碧翔が長椅子の肘掛けに顔を伏せるようにして笑い転げていた。あ然とする珠里の前で、太医長は渋い表情で「陛下」と名を呼んで諫《いさ》める。確かに皇帝として、あまり威厳のある姿ではない。

ようやく碧翔が笑いを抑えると、あらためて太医長は告げた。

「だが娘であるそなたに敢《あ》えて医術を教えたのは、酔狂《すいきょう》ではなく、利康になにか思惑があったのかもしれぬな」

目を見張る珠里の前で、太医長はひとつうなずく。自分にむけられる彼の目が、少し和《なご》んでいるように見えた。

「では陛下、私はこれで。例の件はそのように取り計らいます」

最後の言葉に珠里は引っかかったが、太医長はそれ以上なにも言わずに退出していった。

珠里は首を傾げつつ、太医長が出ていった扉を眺めていた。

「しかしお前の淹れる薬草茶は、別にまずくはないがな」

碧翔の声に、珠里はあわてて振り返る。

「そうだろう？　母上だけではなく私もずいぶんと元気になったぞ」

思いがけない言葉に珠里は耳を疑う。すると碧翔は照れくさそうに頬を赤らめ、ぷいっと視線をそらした。軽い混乱を整理するような間を置いたあと、碧翔は視線を戻した。

「実は、お前になにか礼をしようと考えていたんだ」

藪《やぶ》から棒に言われた言葉に珠里はあわてた。

「いや、それは引き受けた仕事ですから」

そもそも皇太后は快癒《かいゆ》への糸口を得ただけで、まだ状況は変わっていない。そんな思いから辞退しようとする珠里に碧翔は言った。

「褒美《ほうび》ではない。礼だと言っただろう」

「………」

碧翔がなにに対して礼をしたいのか、珠里はようやく合点《がてん》がいった。

皇太后の治療にではなく、自分達親子の関係を取り持ってくれたことに対して彼は言っているのだ。

「だが私は妃《きさき》がおらぬので、若い女がなにをもらったら喜ぶのかまったく分からぬ。まあ茶の淹れ方も知らなかったお前を、普通の若い女と同じに考えてもしかたがないかもしれぬが」

さらっと失礼なことを言われ、珠里は頰を膨らませた。確かに自業自得《じごうじとく》だがちょっとくどくないか。この調子では、これから十年は茶にかんして言われつづける気がする。

内心でうんざりとする珠里に対して、碧翔は悪戯《いたずら》っぽく笑った。

「まあよい。近々のうちにお前にふさわしい礼を渡すから、楽しみに待っていろ」

それから皇太后はふたたびの復調を得て、半月後には院子《にわ》を歩き、好きだったという楽器を奏でるようになった。珠里が持ってきたメジロの世話もきちんとこなしている。もう自分が通う必要もない気がするのだが、こちらから切り出すこともできずに珠里は困惑していた。

（それに、医者にしてくれるっていう約束はどうなったのかな……）

皇太后が快癒をしたらという条件付きだった。まちがいなく改善しているが、碧翔がどこまで珠里の力を認めてくれているのかは分からない。結局は途中で太医長の手を煩《わずら》わせる結果にはなった。碧翔も不安がなくなったからなのか、それとも忙しいのか、以前のようにちょいちょいと容態を尋ねに来ない。

そんなある日、朝食後のお茶を飲んでいると、とつぜん宮女達が押しかけてきた。

驚く珠里に、彼女達の中でも官位を持つ女官が身支度《みじたく》をするように言い渡した。

「身支度って、もう済ませていますけど」

「皇城に行くのに、そんなみすぼらしい格好で行くつもりですか?」

さすが官位を持つ女官は、宮女に比べて尊大だ。口を利いたこともない相手に対して、いきなりこの言い草である。しかも珠里に反論する隙《すき》を与えず、いきなり総員で身体を押さえつけて結髪《けっぱつ》と化粧《けしょう》をはじめたのだ。自分でするときの四倍の時間をかけて化粧をする間、紅が乱れるという理由で口を利くことは許されなかった。

前に据えられた鏡を見ると、自分では絶対にできない複雑な髷《まげ》と濃い化粧を施《ほどこ》されている。

化粧と結髪が終わると、次は着替えを命ぜられる。というより、それまで着ていた襖裙《おうくん》を引《ひ》っ剝《ぱ》がされて、無理矢理着替えさせられたと言ったほうが正しかった。

用意された衣装は水色と薄紅《うすべに》を基調にした華やかな大袖衫だった。裙は一枚布ではなく、裾《すそ》に刺繡《ししゅう》を施した紗《しゃ》の生地を重ねた芍薬《しゃくやく》の花のような作りだ。

「さ、終わりました。時刻も迫っておりますので早々にご出発ください」

「……すみません。いったい何事でしょうか?」

ここに至るまで一言の問いもできなかった珠里は、すべての身支度が終わってからようやく口を開いた。

「詳しいことは存じません。太正宮《たいせいきゅう》のほうに参じるようにと、命令が出ております」

「太正宮？」

脈絡から考えて皇城の宮殿のひとつだろうが、場所も使い途《みち》も分からない。天下の皇城も珠里にとっては、医官局がある内城に行くときに身分の低い官吏《かんり》や御用達《ごようたし》の商人が使う通路を利用するぐらいの場所だ。はてどうやって行ったものかと首を傾《かし》げていると、宮女達の間から宦官《かんがん》が現れて「こちらへ」と珠里を導いた。宮女達は宮城《きゅうじょう》から出られないから、皇城への案内はできなかった。

言われるまま珠里は、宮城を出る。

無言のまま先を進む宦官に、珠里はおそるおそる尋ねた。

「あの、太正宮って？」

「皇城の正殿です」

振り向きもせずに宦官は答えたが、だからなにをするのだという疑問がさらに深まっただけだった。とはいえあまりの儀礼的な態度に、それ以上とやかく訊く気も失せて黙って付き従う。

（そういえば、はじめてここに来たときもこんな感じだったわよね）

いまでこそ苦笑いできるが、あのときは本当におびえていた。要は宮中というのは、そういうところなのだろう。基本的に個人の意思や尊厳が通じる場所ではないのだ。

いくつもの回廊《かいろう》を抜けて、ようやくひとつの宮殿に入る。屋根の下を通っていたので建物の大きさは分からない。しかし正面の扉は驚くほど大きく、宮の巨大さをうかがわせた。

あんのじょう通常の方法ではなく、衛兵が四人がかりで音をたてて扉を開いた。

先に広がっていた光景に、珠里は息を呑《の》んだ。

周りのすべてが綺羅《きら》の世界。宝石箱の中に入ったのかと思うほどに、まばゆい装飾で飾られた豪華絢爛《ごうかけんらん》な広間だった。艶《あで》やかな朱塗りの丸柱が支える格天井《ごうてんじょう》は、一面一面に精緻《せいち》な細工が施され、見上げるほどに高い位置にある。

「早く、奥にお進みください」

扉のところでぼうっとしていると、案内役の宦官が背後から促す。よく分からないまま足を進めた珠里は、両脇にずらっと並ぶ、紫の袍《ほう》を着た高官達の存在に気づいて思いっきり緊張する。その中には太医長の姿もあった。さらに目をやると正面最奥の一段高い玉座に、目が覚めるように鮮やかな瑠璃青《るりせい》の袍を着た碧翔がいる。

（うわ〜、男の人ばっかり）

いまさら気がついたが、これまでとは真逆の光景だ。はっきり言って落ちつかなすぎる。

どこまで進んでよいのか分からず、中央辺りで一度立ち止まる。すると〝もっと先に〟と脇のほうから急《せ》かす声がした。

そんな調子で前に進み、碧翔の顔がはっきりと見える距離まで近づいた。

彼は緊張する珠里を、興味深げに見下ろして言った。

「遅いと思ったら、女官達もずいぶんと気合いを入れて着飾ったものだな」

「お、おかげさまで……」

「まあ、甲斐《かい》はあったな。見違えたぞ」

「え？」

「このまま私の後宮に入れてしまいたいぐらいだが、そうもいかんだろう」

「はあ？」

意味が分からず珠里は首を傾げたが、碧翔は関心がない素振りで視線をそらす。そして玉座の下にむかって目配せをすると、まだ少年のような若者が平たい箱とも盆ともつかぬ物を持って近づいてきた。

「どうぞ」

恭《うやうや》しく差し出され、珠里は背伸びをするようにして箱の中身を見下ろす。

入っていたものは、きちんと畳《たた》んだ水色の布だった。

どこかで見たことがある。そう思っていると、頭上から高らかな碧翔の声が聞こえた。

「范珠里。そなたを医官局所属の太学生《たいがくせい》に任ずる」

珠里は目を見張り、碧翔を見上げた。

「約束だからな。まずは医官局に所属し、正式な医師の資格を得るために精進《しょうじん》せよ」

珠里は、自分をわざわざ皇城に呼び寄せた碧翔の意図を理解した。

これは珠里に対する褒美《ほうび》ではなく、高官達に対する公布なのだ。これまで許可されてこなかった女医を誕生させるという、自分の治世における今後の方針を宣言したのだ。

緊張と興奮で、身体《からだ》が小刻みに震えてくる。

もはや自分一人の問題ではなくなった。病に苦しむ女性だけではなく、同じ志《こころざし》を持つ女性のために、先駆者となる使命を与えられたのだ。

珠里はゆっくりと呼吸を繰り返し、辛《かろ》うじて落ちつきを取り戻した。

身体の内側からかつてないほどの熱量を感じる。緊張のあまり吐いてしまいそうだ。その情熱はとうてい容易に抑えることはできなかったが、理性の力で短い言葉に集約させる。

「わかりました、かならず」

語尾をわずかに震わせながら、それでも珠里はきっぱりと答えた。

高官達――男達の視線を痛いほどに感じた。そしてそれは必ずしも善意だけではない。これからどんな反発や困難が待っているのか分からなかった。

だが、必ずできるはずだ。

なにしろそうしなければ、自分が生きてゆくことが辛《つら》いのだから。

己に言い聞かせる珠里に、碧翔はくすっと笑いをこぼして言った。

「私とそなたの、どちらが先に未来を作れるか競争だな」

范珠里。

莉《り》国初の女性医官。婦人のための医学校設立に尽力し、初代校長として数多くの後進を育成し、それ以上の数の病に苦しむ婦人達の生命を救った。

なお皇帝の絶対的な信頼を得た彼女は、同時に彼の主治医で、妻でもあった。

後年人々はその功績を讃《たた》え、莟鴬《かんおう》の生まれ変わりと彼女を呼んだ。

【初出】コバルト文庫『珠華《しゅか》杏林《きょうりん》医治《いじ》伝《でん》～乙女の大志は未来を癒す～』２０１７年12月刊

※この作品はフィクションです。実在の人物・団体・事件などにはいっさい関係ありません。

集英社オレンジ文庫をお買い上げいただき、ありがとうございます。
ご意見・ご感想をお待ちしております。


● あて先
〒101-8050　東京都千代田区一ツ橋2-5-10
集英社オレンジ文庫編集部 気付
小田菜摘先生


# 珠華杏林医治伝
## 乙女の大志は未来を癒す

集英社
オレンジ文庫


2023年9月24日　第1刷発行

著　者　小田菜摘
発行者　今井孝昭
発行所　株式会社集英社
〒101-8050東京都千代田区一ツ橋2-5-10
電話【編集部】03-3230-6352
【読者係】03-3230-6080
【販売部】03-3230-6393（書店専用）
印刷所　凸版印刷株式会社




ISBN 978-4-08-680521-6 C0193

集英社オレンジ文庫

せひらあやみ

# 央介先生、陳情です!

## かけだし議員秘書、真琴のお仕事録

転職難民の真琴は、ひょんなことから
区議会議員・幸居央介の秘書として
働くことに。事務所に舞い込む陳情は、
動物の糞尿やゴミ屋敷問題、秋夜祭りや
子育て…どれも探ると意外な真相が!?

集英社オレンジ文庫

## 東堂 燦

# 十番様の縁結び 4

## 神在花嫁綺譚

帝都で皇子が次々と落命した。しかも、
恭司の関与が疑われているといい……!?
初戀夫婦の絆を脅かす最大の試練!
神在と国の未来を揺るがす真実とは?

――――〈十番様の縁結び〉シリーズ既刊・好評発売中――――
【電子書籍版も配信中　詳しくはこちら→http://ebooks.shueisha.co.jp/orange/】

十番様の縁結び 1〜3 神在花嫁綺譚